DREAMBOOKS★

DREAMBOOKS★

DREAMBOOKS★

ORIENTAL FANTASY STORY & ADVENTURE

요도 김남재 판타지 장편소설

환생왕 3

초판 1쇄 인쇄 2019년 11월 7일
초판 1쇄 발행 2019년 11월 22일

지은이 요도 김남재
발행인 오영배
편집 편집부
일러스트 나래
표지 · 본문 디자인 오정인
제작 조하늬

펴낸 곳 (주)삼양출판사 · 드림북스
주소 서울시 강북구 도봉로 173
대표 전화 02-980-2112 **팩스** 02-983-0660
편집부 전화 02-987-9393 **팩스** 02-980-2115
블로그 blog.naver.com/dreambookss
출판등록 1999년 3월 11일 제9-00046호

ISBN 979-11-283-9756-1 (04810) / 979-11-283-9753-0 (세트)

+ 이 도서의 국립중앙도서관 출판시도서목록(CIP)은 서지정보유통지원시스템홈페이지(http://seoji.nl.go.kr)와 국가자료종합목록 구축시스템(http://kolis-net.nl.go.kr)에서 이용하실 수 있습니다. (CIP제어번호 : CIP2019043754)

還生王

환생왕

3

ORIGINAL FANTASY STORY & ADVENTURE

요도 김남재 신무협 장편소설

dream books
드림북스

목차

1장. 팔(八) —
찾았어요

무림맹에서 돌아온 천무진이 자신의 거처 어딘가를 향해 걸음을 옮기고 있었다. 그리고 마침내 목적지에 도착한 그는 안으로 들어섰다.

방 안은 단출했다.

침상 하나와 책상, 그리고 간단한 수납장 정도만이 들어서 있는 그곳엔 한 사내가 자리하고 있었다.

한층 수척해진 얼굴로 침상에 기대어 앉아 있는 건 다름 아닌 방건이었다.

이틀이 넘는 시간 동안 혼절해 있던 그가 두 시진 정도 전에 정신을 차린 것이다.

천무진이 문을 툭툭 치며 자신이 온 걸 알렸다.

멍하니 앉아 있던 방건은 그 소리에 화들짝 놀라 고개를 돌렸다.

천무진이 가볍게 손을 들어 올리며 입을 열었다.

"일어났냐?"

"어? 아, 어어."

대답을 하는 방건의 표정은 어딘지 모르게 어색해 보였다. 항상 자신의 아래라 여기며 막 대하던 천무진에게서 믿을 수 없는 실력을 보았기 때문이다.

아무리 보는 눈이 없다고 해도 쏟아 내는 그 검기들이 어떠한 걸 의미하는지 모를 리가 없다.

그저 자신의 예상보다 조금 더 강한 수준이 아닌, 정말로 중원을 뒤흔드는 고수에게서나 볼 법한 실력이었다.

그런 사내가 무림맹 홍천관이라는 곳의 일개 말단 무인으로 있었다.

그게 의미하는 바는 무엇일까?

뭔가 비밀스러운 이유가 있다는 것이다.

그런 비밀을 자신이 알아 버렸으니…….

방건이 조심스레 입을 열었다.

"난 어떻게 되는 거냐?"

떨리는 목소리에서 그의 불안을 느꼈는지, 천무진이 의

자를 끌어당겨 앉으며 퉁명스레 말했다.

"죽일 놈을 다시 살려 놨겠냐?"

"아……."

짧은 탄성을 내뱉은 방건을 둔 채로 천무진은 잠시 창 바깥을 응시했다. 느지막이 해가 지고 있는 주변의 풍경은 아름다웠다.

둘 사이에 침묵이 오가던 그때 방건이 슬그머니 입을 열었다.

"무진아."

"왜?"

"……고맙다."

막 자신을 구해 줬을 때도 했던 고맙다는 말.

하지만 살아서 다시금 지는 해를 보고 있자니 절로 이런 마음이 들지 않을 수 없었다.

"됐어. 내 뒤통수 쳐 대고 한 걸 생각하면 몇 번을 그냥 죽게 놔둬도 시원치 않지만…… 그랬다간 꿈자리가 뒤숭숭할까 봐 구해 준 거야. 그러니 고마워할 필요도 없어."

고맙다는 말에 괜스레 더 툴툴거리며 말하는 천무진의 모습을 보며 방건은 자신도 모르게 피식 웃음을 흘렸다.

"네 무림맹 생활을 돕겠다고 그렇게 큰소리쳐 댔는데 오히려 매번 내가 신세를 지네."

“뭐 아예 도움을 안 받은 건 아냐. 몰랐겠지만 은근슬쩍 너한테서 정보도 캐내고 했거든.”

“하하! 그래도 뭐라도 도움이 됐다니 다행이네.”

웃음을 터트리던 방건은 이내 가슴 부분을 움켜쥐었다. 정신을 차리긴 했지만, 내상이 너무 깊어 회복을 하려면 꽤나 긴 시간이 필요할 듯싶었다.

잠시 숨을 고르는 방건을 바라보던 천무진이 이내 그에게 물었다.

“그 밤에 거긴 왜 간 거야?”

“관주가 연락을 했거든. 중요한 임무가 있는데 비밀리에 움직여 줬으면 한다고.”

“금호가?”

천무진의 질문에 방건이 고개를 끄덕였다.

갑작스러운 관주 금호의 연락.

방건의 입장에서는 그의 명령을 따르지 않을 이유가 없었다.

원래 존경하던 상대였고, 이 일을 계기로 자신 또한 보다 나은 무인이 될 수 있지 않을까 하는 욕심도 있었다.

당연히 시키는 대로 비밀리에 금호의 거처를 찾아갔고, 먼저 와 있던 오자헌과 함께 어딘가로 안내받았다.

방건이 말했다.

"그리고 지하에 있는 비밀 장소로 끌려가서 방에 들어섰는데 갑자기 이상한 냄새가 나더니……."

그날의 일을 떠올리며 그가 말을 이었다.

"그 냄새를 맡으니 머리가 멍해지더라. 그런데 이상하게 정신은 남아 있었어. 그래서 오히려 더 생생히 기억나고. 뭐라고 해야 할까? 분명 이상하다는 생각을 하면서도 시키는 그걸 곧이곧대로 해야만 하는 느낌이라고 해야 되나? 설명하기에 너무 어려운데……."

방건은 횡설수설했지만 천무진은 고개를 끄덕였다.

지금 방건이 말하고자 하는 바를 너무도 잘 알았기 때문이다. 이루 말로 형용할 수 없는 그 감정들.

마치 자신이 반드시 그 일을 해 줘야 할 것 같다는 생각에 다른 모든 사고들이 잠식되는 그러한 경험을 이미 십수년 이상 겪어 온 자신이었으니까.

목소리만으로 조종을 당하던 자신과는 조금 다른 부분도 있었지만, 대체적으로 그때 가졌던 느낌과 방건이 말하는 것에는 겹치는 부분이 많았다.

그 이후는 천무진이 본 그대로였다.

시키는 대로 비수를 쥐었고, 앞에 있던 오자헌의 심장을 찔렀다.

피가 마구 쏟아져 나와 전신을 뒤덮었음에도 불구하고

비수를 쥔 손을 보다 강하게 틀어박았다.

설명을 하던 방건은 이내 그날의 기억이 세세하게 떠올랐는지 두 손으로 머리를 감싸 쥐었다.

머리를 감싸 쥔 그의 손이 부들부들 떨렸다.

사실 혼절해 있는 이틀 동안 너무도 많은 꿈을 꾼 방건이다. 그 대부분의 꿈에 자신이 죽였던 오자헌이 나왔다.

그의 원망 가득한 눈빛, 그리고 심장을 비수로 거칠게 난도질하던 자신의 모습까지.

그건 광기(狂氣)였다.

새빨간 눈동자로 변한 자신은 오자헌을 몇 번이고 죽여댔고, 그때마다 그는 다시금 살아서 자신의 앞에 섰다.

그 지독했던 악몽.

그렇지만 진정으로 두려운 건 그 모든 것이 완전한 꿈은 아니라는 거다.

정말로 자신의 이 두 손으로 반항조차 하지 않는 상대의 심장을 찢어 버렸으니까.

쉼 없이 떨고 있는 방건의 모습에 천무진이 자리에서 일어나 그에게 다가갔다.

"진정해."

천무진이 떨리는 그의 손목을 꽉 쥐었다.

자신에게 다가와 준 천무진을 향해 방건이 고개를 치켜

들었다.

그가 사시나무 떨듯이 떨며 입을 열었다.

"어쩌냐, 무진아. 나 너무 무섭다."

올려다보는 그의 눈동자에서 감출 수 없을 정도로 커다란 두려움이 느껴졌다.

그 모습에 천무진은 절로 자신의 입술을 꽉 깨물었다. 두려움에 떨고 있는 방건의 모습에서 저번 삶의 자신이 투영되었던 탓이다.

후회만 가득했던 삶.

그럼에도 불구하고 살아야만 했던 지독했던 삶.

그리고 다시는…… 반복하고 싶지 않은 그 삶.

"……너만 그런 게 아냐."

천무진이 말을 이었다.

"나도 그랬다. 나도 너처럼 그랬어. 무서웠고, 괴로웠다. 그러니 누구보다 잘 안다. 지금 당한 이 일을 이겨 내는 게 쉽지 않은 거라는 걸. 하지만…… 그래도 이겨 내라. 잘못을 한 건 네가 아니다. 그놈들이지."

천무진이 방건의 손목을 움켜쥐고 있던 손을 천천히 풀었다. 같은 고통을 겪었다는 천무진의 말에 놀란 듯 그를 바라보고 있던 방건의 떨림이 조금씩 잦아들고 있었다.

천무진이 그를 내려다본 채로 말을 이었다.

"좀 쉬어. 깨긴 했지만, 거동하려면 며칠은 더 걸릴 거야."

말을 마친 그가 방을 나서려 할 때였다.

방건이 황급히 천무진을 불러 세웠다.

"무진아, 하나 부탁이 있는데."

"뭔데?"

"동생을 만나기로 했었거든. 이틀이나 혼절해서 연락을 못 했으니 아마 걱정이 클 거야. 미안한데 녀석한테 난 멀쩡하고 며칠 있다가 찾아가겠다 연락을 좀……."

"이미 해 뒀어."

천무진의 시큰둥한 대답에 방건이 놀란 듯 눈을 치켜떴다. 그런 그를 향해 천무진이 말을 이었다.

"일이 있어서 며칠 자리를 비웠다고 해 뒀다. 그러니 네 몸이나 신경 써. 여기 공짜로 먹여 주고 재워 주는 데 아니니까 빨리 나아서 나가라고."

말을 마친 천무진은 다시금 고맙다는 말을 듣고 싶지 않다는 듯 서둘러 방을 나갔다.

멀어져 가는 천무진의 뒷모습을 보며 방건이 슬그머니 입을 열었다.

"고맙다, 무진아."

*　　*　　*

천룡성의 성도 거점.

한동안 모두가 감시를 하느라 바빴지만, 표적이었던 둘이 동시에 죽게 되자 한결 한산해진 상황이다.

몸은 편해졌지만, 기분은 오히려 좋지 못했다.

특히나 단엽은 자신이 감시하던 여청이 죽은 일로 인해 무척이나 화가 나 있는 상황이었다.

그는 하루 종일 연무장에서 소리를 버럭버럭 지르며 무공 훈련에 열중이었다. 마치 언제라도 자신을 물 먹인 상대를 찾으면 물어뜯어 버리기라도 할 것처럼 말이다.

그에 비해 백아린은 조용했다.

사천당문과의 만남도 성사시켰고, 적화신루에 따로 보고를 올릴 것들도 전달했다.

어찌 보면 지금 가장 바삐 외부 활동을 이어 가고 있는 그녀는 거처에서도 쉴 틈이 없었다. 그녀는 며칠 전 금호의 거처에서 가져온 서책을 살피느라 여념이 없었다.

실험에 관련된 것들이 적혀 있던 그 서책.

빠르게 서책에 적힌 것들을 파악해 냈던 그녀다.

그런 백아린이 파악하지 못한 채 남겨 둔 의문스러웠던 부분들. 꽤나 많은 숫자들과 연관이 있었는데 그것이 의미하는 바가 무엇인지는 여전히 알아내지 못한 상태였다.

팔(八)이라는 글자가 가진 의미.

이걸 알아야 서책에 적힌 숫자들을 완벽히 자신의 손바닥 위에 놓고 모든 계산들을 이어 나갈 수 있다.

팔자와 얽힌 이 숫자들.

다른 것들에 비해 압도적으로 많이 적힌 이 숫자들이 의미하는 건 과연 무엇일까?

계속해서 이 숫자와 관련되었을 법한 많은 것들을 대입도 해 보고, 빼 보기도 했지만 답은 쉽사리 나오지 않았다.

고민이 깊어졌고, 그녀는 깊은 한숨을 내쉬었다.

"에휴."

손으로 머리를 받친 채로 서책을 뚫어져라 응시하던 그녀가 손가락으로 팔이라는 글자를 어루만졌다.

바로 그때.

이제는 팔(八)이라는 글자를 그려 보던 백아린이 갑자기 손가락을 멈췄다.

그녀가 놀란 듯 눈을 치켜뜬 채로 서책을 응시했다. 그러고는 이내 서둘러 서책의 가장 앞쪽으로 돌아가더니 그곳부터 적힌 모든 것들을 다시 확인하기 시작했다.

촤르르륵.

서책이 빠르게 넘어갔고, 그녀의 눈동자도 마찬가지로

그 안에 적힌 내용들을 다급히 훑어갔다.

그리고 마침내 서책의 마지막 장을 넘긴 직후였다.

백아린이 소리쳤다.

"부총관!"

자신을 향해 버럭 소리를 내지르는 백아린의 목소리에 의자에 기댄 채로 졸고 있던 한천이 화들짝 놀라 벌떡 일어났다.

그가 황급히 소매로 입에 묻은 침을 닦아 내며 소리쳤다.

"저 안 잤습니다!"

반쯤 감긴 눈으로 둘러대는 한천을 보며 백아린은 기가 막혔지만, 지금은 그게 문제가 아니었다.

그녀가 서둘러 말했다.

"알아봐야 할 게 있어."

급해 보이는 백아린의 모습에 한천은 곧바로 알 수 있었다. 그가 확신 어린 표정으로 입을 열었다.

"대장, 뭘 찾으셨군요."

한천의 질문에 백아린이 고개를 끄덕였다.

"응, 찾은 것 같아."

방건과의 만남 이후 깊은 생각에 빠져 있던 천무진의 거처로 백아린이 다급히 모습을 드러냈다.

무슨 일이냐고 채 묻기도 전에 그녀가 먼저 입을 열었다.

"찾았어요!"

"뭘 찾았다는 거야?"

"서책에 적혀 있던 그 팔(八)자의 정체요. 그거 팔자가 아니었어요."

"팔이 아니었다고?"

천무진이 있는 쪽으로 다가온 백아린이 가지고 온 서책을 내려놓으며 말했다.

"이 글자 팔이 아니라 사람을 뜻하는 인(人)이었어요."

"확실해?"

"네, 부총관을 통해 평소 금호가 쓰던 글자를 확인해 봤는데 인 글자를 팔자처럼 쓰는 버릇이 있었어요. 특이한 필체 때문에 완전히 속고 있었어요."

"뭐야. 그럼 그때 팔이라고 생각했던 그 글자 뒤에 적힌 그 많은 숫자들이 모두 실험에 사용된 자들이라는 건가?"

"네, 그런 셈이 되죠."

"그렇다고 보기엔 그 숫자가 너무 많지 않아? 이토록 많은 무인이 사라졌다면 소문이 나지 않을 리가 없잖아."

십 년이 넘을 정도로 꽤나 긴 시간 동안 적힌 장부, 아무리 그렇다고 해도 수천에 달하는 숫자를 실험에 사용했다는 건 쉽사리 납득이 가지 않았다.

그만한 숫자의 무인이 사라졌다면 세상에 드러나지 않았을 리가 없으니까.

그런 천무진의 질문에 백아린이 고개를 끄덕이며 답했다.

“이 숫자는 아마도 무인이 아닐 거예요.”

“그럼?”

“이렇게 많은 숫자의 사람들이 사라졌는데 소문이 나지 않았어요. 세상에 그럴 이들이 과연 누굴까요?”

표정을 찌푸리고 있던 천무진이 입을 열었다.

“……고아?”

그의 대답에 백아린이 고개를 끄덕였다.

“네, 맞아요. 고아죠. 이 장부에 적힌 그 많은 숫자들 모두가 고아를 뜻하는 거였어요. 문제는 저희가 가 봤던 그 비밀 공간은 내부가 제법 크긴 했지만, 이토록 많은 어린애들을 가둬 두기엔 적절한 곳이 아니에요. 소란이 생길 수도 있고요. 아마도 다른 곳으로 이동되었겠죠.”

실험이 벌어진 곳이 비단 금호의 비밀 장소만은 아니라는 것이다.

그렇다면 중원 어딘가에서 고아들을 이용한 그 끔찍한 실험이 자행되었다는 것인데…….

백아린이 서책에 적힌 숫자들을 보며 말을 이었다.

"이 부분은 정확히 따지자면 아이들을 거래한 장부인 셈이죠. 그리고 지금 그 아이들이 살아 있을지 죽었는지는 장담할 수 없고요."

말을 듣는 천무진뿐 아니라, 이야기를 이어 가는 백아린도 표정이 좋을 리가 없었다.

지금 자신들의 판단이 맞다면 죄 없는 많은 어린아이들이 죽었다는 것이고, 또 지금도 그런 일을 당하고 있을 거라는 소리다.

백아린이 길게 숨을 내쉬었다.

아래에서부터 끓어오르는 화를 꾹 참으며 그녀가 입을 열었다.

"당신이 상대하려는 자들이 누구인지 내심 궁금했는데 최소한 이건 알겠네요."

백아린이 이를 꽉 깨문 채로 천천히 말을 이었다.

"……세상에 있어선 안 될 놈들이라는 거요."

*　　*　　*

천무진이 찾고 있는 그들이 고아들을 이용해 그 끔찍한 실험을 자행했다는 사실을 알아차린 백아린은 이미 한천을 통해 적화신루에 연락을 넣어 둔 상태였다.

최근 십오 년 정도를 기점으로 하여 고아들이 대량으로 사라진 곳과, 그에 관련된 무엇을 찾기 위해서였다.

상황은 무척이나 복잡했고, 또한 혼란스러웠다.

새롭게 알게 된 몇 가지 사실들로 인해 정리해야 할 일들도 꽤나 많았다.

아직까지도 창고에 갇혀 있는 양휴의 처분 또한 결론을 내리지 못하고 있었다.

점혈을 당한 채로 혼절해서 이곳까지 끌려온 탓에 여기가 어딘지 모르는 양휴다.

천무진 일행의 얼굴을 보긴 했지만 알려지지 않은 상태다 보니 이 넓은 중원에서 자신들을 찾는 건 쉬운 일이 아닐 것이다. 그리고 그가 자신들을 찾으려 할 거라는 생각도 들지 않았다.

이유야 어쨌든 그를 감시하고 있던 정체불명의 누군가에게서 구해 준 꼴도 되었으니까.

다만 문제는 양휴를 그냥 내보냈다가는 정체불명인 그들의 표적이 될 수도 있다는 거다.

그리고 아직 양가장에 대한 결론도 나오지 않았기에 아직까지 그를 쭉 창고에 가둬 두고 있는 상황이었다.

양가장에 대한 조사와 고아들의 행방, 그리고 추가적으로 금호와 친분이 있는 자들의 최근 행적을 비롯하여 수도 없이 많은 자잘한 것들까지.

적화신루는 천무진에게 큰 힘이 되어 주고 있었다.

그런 지금 무엇보다 기다리고 있는 건 다름 아닌 사천당문에 의뢰한 독과 관련된 정보였다.

그리고 실제로 지금 사천당문에서는 의뢰받은 독과 관련된 조사에 열중해 있었다.

가주의 딸인 당소련에게 부탁한 소맷자락들로 조사에 열중하고 있는 이는 독선자(毒仙子) 당백이라는 자였다.

나이가 칠십이 훌쩍 넘은 노인으로, 무공 실력은 별로였지만 독에 대한 지식으로는 사천당문 내에서도 세 손가락 안에 꼽히는 인물이었다.

현재 두 개로 나뉜 사천당문의 세력 다툼에는 전혀 개입하지 않고, 연구에만 몰두하는 전형적인 학사 같은 인물이었다.

그가 펄펄 끓는 가마솥 앞에서 뭔가를 확인하다가 표정을 확 구겼다.

"에잉! 이것도 아니군그래."

불만스러운 목소리와 함께 당백은 자신이 준비했던 천 조각을 바닥에 획 내던졌다.

수백 가지가 넘는 독을 가지고 실험을 해 봤지만 아직까지 소맷자락에 묻어 있는 것의 정체를 알아내지 못했다.

알려져 있는 것들부터 해서 남만의 독들까지.

구할 수 있는 건 모조리 구해서 실험에 열중하고 있는 당백이었다.

그나마 어떻게 죽었는지를 전해 들었고, 그와 비슷한 증상의 독만 추려서 진행을 했으니 망정이지 그렇지 않았다면 얼마나 더 많은 종류의 걸 실험해야 했을지 감조차 오지 않았다.

삼 일 밤낮을 거의 꼬박 새우다시피 한 그는 무척이나 퀭해 있었다. 주름이 가득한 얼굴은 삼 일 만에 무려 십 년은 더 늙어 보였다.

당백이 죽는소리를 하며 옆에 있는 의자에 걸터앉았다.

"아이고, 늙어서 이게 무슨 고생이냐."

말은 그렇게 하고 있지만, 눈은 옆에 놓여 있는 수십여 개의 실험 도구에서 떠나지 않고 있다. 특별한 용액부터 해서 다른 독을 만나면 반응하는 특이한 독까지.

열을 가해도 봤고, 오히려 반대로 온도를 떨어트리는 것도 반복해 가며 독의 변화를 감지했다. 거기에 독을 실험해 볼 작은 쥐나 벌레들까지.

백아린이 건네주었던 피와 꿀물이 묻어 있는 소맷자락은 수도 없이 갈가리 찢긴 채로 그 모든 곳에 활용되고 있었다.

당백이 얼마 남지 않은 것들을 바라보며 나지막이 중얼거렸다.

"이 정도로 조사를 했는데도 나오지 않을 정도라면 세간에 전혀 알려지지 않은 독이라는 것인데……."

삼 일 밤낮을 조사하며 알게 된 이 독에 관련한 것.

이 독은 보통의 것이 아니었다.

일반적으로 독살을 당하게 되면 그 독의 성분이 몸 안에 남아야 한다. 그런데 쥐를 이용해 실험을 해 본 당백은 놀라운 사실을 알았다.

신체로 들어간 이후 이 독은 점점 몸 안에서 자취를 감춘다.

아예 아무런 것도 없었던 것처럼 말이다.

죽은 시신을 부검한다고 해도 독살을 당했다는 사실을 전혀 알 수가 없다는 소리다.

그저 갑자기 비명횡사했다 생각할 수밖에 없는 상황이 되는 것이다.

이토록 죽은 이후에도 흔적을 남기지 않는 독임에도 불구하고 지금처럼 조사가 이어져 갈 수 있는 건 기적이었다.

이 독이 아직까지 성분을 유지하고 있는 건, 이것이 옷자락에 묻어 있었기 때문이다. 그리고 이유는 모르겠지만 몸 안에 들어갔다 나온 핏자국에서는 이미 독성분이 없었다.

꿀물과 함께 옷자락에 뒤엉킨 독, 그것이 있었기에 지금 이토록 조사를 이어 갈 수 있었다.

자리에서 일어난 그가 턱을 괸 채로 왔다 갔다 하며 혼잣말을 되뇌었다.

“대체 왜 독성분이 없어진 건지 모르겠군.”

쥐에게 소맷자락 조각의 일부를 먹여 보았고, 얼마 시간이 지나지 않아 쥐는 자는 듯이 숨을 거뒀다.

곧바로 그 쥐의 시신을 확인해 보았지만, 처음엔 그나마 좀 확인되던 독성분도 곧 거짓말처럼 사라졌다.

고민이 길어지고 있는 그때 당백이 있는 그곳으로 제자 한 명이 들어섰다.

“스승님, 식사하셔야죠.”

“됐다, 이놈아. 지금 식사가 문제냐.”

“연세도 있으신데 자꾸 이렇게 끼니를 거르시면 몸에 탈 나십니다.”

제자의 말에도 당백은 전혀 아랑곳하지 않고 자신의 시선이 향하는 곳에만 몰두했다.

발걸음을 멈추어 선 그가 옷자락과 죽은 쥐의 시체를 번갈아 바라봤다.

“으으음!”

고민스러운 신음 소리를 토해 내 보았지만, 답은 나오지 않았다.

그 순간 당백이 갑자기 고개를 갸웃했다.

"음?"

며칠 밤을 샌 탓에 피곤함이 가득했던 그의 눈동자에 갑자기 생기가 돌았다.

뭔가를 알아낸 듯한 그가 갑자기 품에서 비수 하나를 꺼내어 들었다.

그러고는 이내 망설이지 않고 자신의 손가락을 비수의 끝자락에 가져다 댔다.

쿡.

가볍게 손가락을 찌르자 피가 송골송골 맺히기 시작했다.

갑작스러운 그의 행동에 옆에 서 있던 사내가 놀란 듯 말했다.

"스승님 갑자기 이게 무슨……."

"시끄러우니까 방해 말고 나가 있어!"

버럭 소리친 당백이 곧바로 손가락에 생긴 상처 옆을 꾸욱 눌러 피를 맺히게 하고는 이내 찢겨져 있는 옷자락 중 하나에 그걸 뚝뚝 떨어트리기 시작했다.

그런 당백의 모습을 바라보던 제자는 이내 못 말리겠다는 듯 몸을 돌려 걸어 나갔다.

제자가 사라지고도 한참 자신의 피를 떨어트린 옷자락을 바라보던 당백이 이내 시간이 됐다 생각했는지 서둘러 그걸 쥐에게 먹일 음식 사이에 섞었다.

그러고는 곧바로 통 안에 있는 쥐에게 음식을 넣어 줬다.

허기가 졌는지 쥐는 자신에게 준 음식을 순식간에 깨끗하게 비웠다.

당백은 통 안에 든 쥐를 계속해서 바라보고만 있었다. 당백의 눈동자는 기대에 가득 차 있었고, 이내 그가 주먹을 불끈 쥔 채로 소리쳤다.

"이거다!"

독의 정체를 파악해 냈는지 그의 얼굴엔 환희가 가득했다.

"이런 젠장, 이걸 왜 이제야!"

분하다는 듯 소리치고는 있었지만, 얼굴에는 만족스러움이 가득했다.

일반적인 상식선에 있지 않은 독의 특징, 그랬기에 한 번도 염두에 두지 않았다.

이 독은 놀랍게도 피와 만나면 점점 그 독성을 잃었다.

처음 몸에 흡수되는 순간에는 장기에 스며들며 숨을 앗아 가지만, 그 이후에 피와 섞이면서는 독성이 없어지는 것이다.

무척이나 독특한 특징을 지녔지만 놀랍게도 당백은 이런 종류의 독을 하나 알고 있었다.

혈린만혼산(血燐萬魂散).

그리고 이 독은…… 사천당문의 것이었다.

극비의 독인 데다가 만드는 과정 또한 위험하기에 사천당문 내에서도 금기로 분류되는 독이다.

세가 내에서도 아주 극소수만이 그 존재를 알고 있는 독으로, 정말 일부만이 비밀 창고에 보관되고 있다 들었다.

혈린만혼산으로 의심된다는 사실을 깨닫자 당백은 당장에 자신의 추측이 맞았는지 미칠 듯이 궁금해졌다.

그가 미소 가득한 얼굴로 옆에 벗어 두었던 겉옷을 챙겨 입었다.

“가 봐야겠어.”

당백 또한 직접 혈린만혼산을 본 적은 없었기에 어떻게든 자신이 가진 이 의문의 해답을 찾고 싶었다.

그렇게 막 몸을 돌린 그가 걸어 나가려고 할 때였다.

문을 넘어서며 누군가가 모습을 드러내고 있었다.

나이는 육십 대 후반이었지만 그 나이대로 보이지 않는 커다랗고 건강해 보이는 풍채와 무인다운 얼굴. 짧게 기른 수염은 그를 더욱 강인하고 사내다운 느낌을 풍기게 만들었다.

당소련이 견제하는 인물이자 현재 약해진 가주의 자리를 노리고 있는 당문추였다.

그가 너털웃음을 터트리며 당백을 향해 말을 걸었다.

"형님, 어딜 그리 급히 가십니까?"

친형은 아니었지만 당씨 성을 지닌 친족 관계였고, 또 어릴 때부터 함께 자라 왔기에 당문추는 당백을 항상 형님이라 불러 왔다.

친근하게 다가서는 그를 발견한 당백이 화색을 띠며 말했다.

"마침 잘 만났군! 내 급히 확인하고 싶은 것이 있는데 금장전(禁藏殿)의 문을 좀 열어 주게나."

"금장전을요?"

금장전은 사천당문 내에서 출입이 금지된 장소였다. 그곳에 들어가기 위해서는 몇몇의 허락이 있어야만 가능했는데 그중 하나가 바로 당문추였다.

되묻는 당문추를 향해 당백이 칭찬을 받고 싶은 어린아이처럼 득의양양한 미소를 지은 채로 말했다.

"아주 재미있는 녀석을 찾았거든."

"재미있는 녀석이라 하시면 뭘 말씀하시는 겁니까?"

"뭐겠어! 당연히 독이지. 소련이의 부탁으로 독의 성분을 하나 조사했는데 이 녀석이 말이야, 혈린만혼산과 너무도 비슷하더군. 그 독이 혈린만혼산인지, 아니면 비슷한 다른 뭔지 확인을 해 봐야겠단 말이지."

유쾌한 목소리로 떠들며 당백은 당장이라도 금장전으로 가겠다는 듯 걸음을 옮겼다.

그렇게 그가 막 문가 근처에 도착할 무렵이었다.

당백이 들뜬 목소리로 말했다.

"금장전에 혈린만혼산이 얼마나 남아 있을지 모르겠군. 좀 남아 있으면 좋……."

목소리를 이어 가던 당백이 움찔했다.

그의 시선이 아래로 향했고, 그곳에는 가슴 옆쪽으로 틀어박힌 단검의 손잡이가 보였다.

푹 하고 피가 터져 나오는 그 순간 당백이 천천히 뒤편으로 고개를 돌렸다.

그곳에는 자신을 바라보고 있는 당문추가 있었다.

이 상황이 믿어지지 않는지 당백의 목소리가 떨려 왔다.

"무, 문추 네 이놈 이게 무슨……."

더듬거리는 그를 향해 당문추가 나지막한 목소리로 속삭였다.

"쓸데없는 걸 아셨습니다, 형님."

말과 함께 당문추는 가슴 옆으로 박은 단검의 손잡이를 꽉 움켜잡았다. 놀란 당백이 뭔가 더 말을 이으려고 하는 그때였다.

텁!

소리를 지를 것에 대비하기 위해서 당문추의 커다란 손바닥이 당백의 입을 틀어막았다.

당문추가 입꼬리를 비튼 채로 입을 열었다.

"그러니까 나대지 좀 말고 얌전히 있으라니까."

말과 함께 박혔던 단검을 뽑아 든 당문추는 곧바로 그걸 정면에서 심장이 있는 부근에 가져다 댔다.

독에 대한 지식은 뛰어났지만, 무공 실력은 별반 뛰어나지 못한 당백이었기에, 당문추의 손에 잡혀 반항조차 하지 못한 채로 눈을 크게 치켜뜰 수밖에 없었다.

그런 그를 향해 당문추가 말했다.

"편안히 가쇼, 형님."

푹푹푹!

당문추의 손에 들린 단검이 연달아 세 번 그의 가슴에 틀어박혔다.

심장을 찔린 당백은 즉사했다.

세 번이나 찌르고도 안심이 되지 않았는지 당문추는 당백의 숨이 멎었는지까지 확인하고는 이내 죽었다는 확신이 들자 그제야 박아 둔 단검을 뽑아 들었다.

당백을 죽인 당문추는 품에서 미리 준비해 온 천을 꺼내 얼굴에 묻은 피를 닦았다. 거리가 지척이었기에 행색이 꽤나 엉망이었다.

피가 묻은 천을 품속에 다시 넣은 그가 불만스러운 듯 투덜거렸다.

"칫, 쓸데없는 일을 만드는군그래."

지금의 이 피 묻은 행색을 아무에게도 들키지 않고 돌아가야 했다.

그나마 다행인 건 당백의 거처가 세가의 외곽에 위치해 있었고, 항상 연구에 몰두하는 탓에 인근에 사람을 두지 않는다는 점이었다.

피 묻은 옷을 감추기 위해 옆에 놓여 있는 장포를 대충 휘감은 그가 탁자 한쪽을 쳐다보았다. 그리고 그곳에 놓여 있던 백아린이 의뢰를 위해 건네준 소맷자락들을 모두 쥐고는 그대로 불타고 있는 아궁이 안에 던져 넣었다.

순식간에 사라져 버리는 증거물을 바라보는 당문추의 얼굴에 미소가 걸렸다.

그가 타오르는 불꽃을 바라보며 나지막이 중얼거렸다.

"그나저나 내 조카가 점점 죽어야 할 이유를 하나씩 더 만들어 내고 있는데 이거 어쩝니까, 형님."

사천당문이 발칵 뒤집혔다.

세가 내에서 사람이 죽었다.

그것도 가장 윗배분에 있는 세가의 어른이자, 많은 지식을 자랑하며 후학을 양성하고 있는 당백이 죽은 것이다.

그것도 암살자에 의해서.

아무도 왜 당백이 갑작스러운 죽음을 맞이하게 됐는지 알지 못했다. 하지만 한 명, 그의 죽음에 의구심을 가질 수밖에 없는 사람이 있었으니 다름 아닌 당소련이었다.

백아린이 부탁한 의뢰를 당백에게 맡겼고, 그랬던 그가 갑자기 죽었다.

이게 우연일 리가 없지 않은가.

거기다가 자신이 건네줬던 소맷자락들 또한 모조리 사라졌다.

그러한 사실이 자신의 의심이 결코 틀리지 않음을 증명해 주고 있었다.

당백을 죽인 이유는 바로 이 조사를 막기 위함이리라.

갑자기 벌어진 이 상황에 당소련은 우선 자신을 찾아온 적화신루의 사람을 통해 백아린에게 연락을 넣었고, 곧바로 약속을 잡았다.

워낙 다급한 사안인지라 두 사람의 만남은 순식간에 이루어졌다.

약속 장소인 외곽에 위치한 조그마한 객잔.

오늘은 저번과 달리 백아린이 먼저 와서 자리하고 있었다.

뒤늦게 모습을 드러낸 당소련이 자리하고 있는 백아린을 보고는 인사를 건넸다.

"조금 늦었죠? 미안해요. 워낙 큰일이 벌어진지라 자리를 비우는 게 쉽지 않아서요."

"괜찮아요. 소식은 이미 전해 들었어요. 좋은 곳으로 가셨기를 바랍니다."

저번과 마찬가지로 여전히 죽립을 쓰고 있는 백아린은 먼저 심심한 위로의 말을 전했다.

짧은 인사말을 주고받은 당소련은 곧바로 백아린의 맞은편에 앉았다. 그런 그녀를 향해 백아린이 곧장 물었다.

"소맷자락들이 모두 사라졌다고 들었는데 맞나요?"

"네, 그거 때문에 뵙자고 했어요. 정말 죄송합니다. 증거품을 그렇게 잃게 될 줄은……."

"증거품을 없앤 걸 보면 이번 살인의 범인은 그 일에 관련된 자로 보여요."

"저도 같은 생각이에요."

"혹시 살인 현장에 증거가 될 만한 뭔가는 없었을까요?"

"아쉽게도요."

당소련이 가볍게 고개를 저으며 말을 받았고, 백아린 또한 그리 쉽게 일이 풀릴 거라고는 생각지 않았기에 담담히 고개를 끄덕였다.

말을 마친 당소련은 못내 괴로운지 표정을 구겼다.

당백이 죽었다는 사실에 너무도 마음이 아팠다. 삼촌뻘인 그는 어릴 때부터 그녀를 자주 챙겨 주곤 했었다.

당백과 얽힌 여러 가지 추억들이 주마등처럼 스쳐 지나갔다.

그토록 가까웠던 당백이 자신의 부탁 때문에 죽었거늘, 그런 그를 위해 할 수 있는 건 아무런 것도 없었다.

그 사실이 당소련을 못내 힘들게 만들었다.

그녀가 침통한 목소리로 말했다.

"어떻게 해야 할지 모르겠어요. 범인을 찾아낼 수도 없고, 독에 대한 단서도 모두 잃어버렸고요. 방법이 모두 사라져 버렸어요."

괴로움 가득한 한탄을 듣고 있던 백아린이 그 순간 입을 열었다.

"……포기는 아직 일러요."

확률이 희박하다는 건 알고 있다.

그렇지만 백아린은 포기하지 않았다.

자리에서 벌떡 일어선 그녀가 말했다.

"부탁 하나만 할게요."

자신을 향해 시선을 건네는 당소련을 향해 백아린이 말을 이었다.

"제가 직접 그분이 돌아가신 곳을 볼 수 있게 해 주세요."

2장. 추론 —
멀쩡해

"으리얍!"

시원한 고함 소리와 함께 단엽의 신형이 미친 듯 흔들렸다.

그의 주먹이 연신 허공을 갈랐고, 움직이는 곳을 기점으로 하여 주변으로 기(氣)들이 요동쳤다.

그저 단순한 주먹질로 보이지만 그 안에는 힘이 있었고, 또한 변화가 존재했다.

여청이 죽은 이후 미친 듯 훈련에만 매진하는 단엽의 눈동자에는 독기가 가득했다.

지금 단엽이 있는 장소는 천룡성의 비밀 거점이 아니었다.

답답하다는 이유로 그는 훈련에 열중할 만한 장소를 찾아, 비밀 거점 인근까지 나와 있는 상태였다.

작은 계곡에는 커다란 바위들이 가득했고, 인적은 찾기 힘든 장소였다.

비밀 거점에서 경공을 펼쳐 이 각 이상을 달려야만 올 수 있는 장소.

주변에 가득했던 바위들은 이미 대다수가 산산조각이 나서 나뒹굴고 있었다. 그리고 그건 모두 단엽의 주먹이 만들어 낸 광경이었다.

쾅쾅!

그의 맨주먹이 연신 바위를 후려쳤다.

성인만 한 크기의 바위가 놀랍게도 두부처럼 으깨졌다. 그래도 성이 풀리지 않는지 단엽은 계속해서 그 바위를 후려쳤다.

이윽고 그 바위가 거의 먼지가 되다시피 해서 사라지자, 단엽은 주변을 두리번거리며 다음 표적을 찾았다.

그러고는 그리 떨어지지 않은 곳에 위치한 다음 바위를 향해 다가갔다.

그가 성큼 주먹을 들어 올렸을 때였다.

"지금 내기라도 하는 겁니까? 바위랑 주먹 중에 뭐가 먼저 박살 날지요."

“……뭐야?”

미간을 찡그리며 옆으로 고개를 돌린 단엽의 시야에는 돌 위에 걸터앉아서 자신을 바라보고 있는 한천이 있었다.

한천의 모습을 확인한 단엽이 퉁명스레 말했다.

“당신이 왜 여기 있어?”

“지금 눈앞에 계신 분이 이틀째 통 연락이 안 돼서 말입니다.”

“내가 그쪽한테 보고라도 해야 해?”

“그건 아닌데 당신 주인이 슬슬 복귀해 두라는 말을 전해 달래서요. 그럼 찾아온 이유가 되려나 모르겠네.”

유들유들한 한천의 말투에 단엽은 불만스레 표정을 구겼다.

함께한 지 삼십여 일에 가까운 시간이 지났지만, 아직도 두 사람 사이는 가깝지 않았다.

단엽은 거의 유일하게 천무진과만 대화를 나눴고, 치치 때문에 종종 백아린에게 슬쩍 부탁을 하는 정도였다.

굳이 대화를 해야 할 이유가 없었기에 한천과 대화를 나눈 건 손으로 꼽을 정도였다. 그나마 여청을 교대로 감시할 때 잠깐씩 보던 것이 전부일 정도로 친분이 없는 사이.

바위 위에 앉아 있던 한천이 껑충 뛰어 바닥에 착지했다. 그가 주변을 둘러보며 감탄하듯 바람 소리를 냈다.

"휘유, 이 근방에 있는 돌들을 박살 낸 건 전부 단 소협의 짓인가 봅니다."

"맞아."

"설마 다 맨주먹으로 한 겁니까?"

"뭘 그리 당연한 걸 물어봐."

옆에 팽개쳐 뒀던 짐을 챙기며 단엽은 귀찮다는 듯 대답했다.

그 순간 단엽을 향해 성큼 다가온 한천이 손을 뻗었다. 그러고는 채 단엽이 뭘 하기도 전에 그의 손목을 잡아서 자신 쪽으로 당겼다.

한천의 눈이 단엽의 주먹을 살폈다.

팍!

"무슨 짓이야?"

손목을 쥐고 있는 손을 뿌리친 단엽의 목소리가 높아졌다.

갑자기 다가오더니 손목을 잡아챘다. 기분이 불쾌한 건 당연했다.

그를 향해 한천이 말했다.

"거 보십쇼. 주먹이 엉망이군요."

한천의 시선이 향해 있는 단엽의 주먹은 붉게 변해 있었다. 셀 수도 없이 많은 바위를 맨주먹으로 깨부순 것치고는 너무도 멀쩡한 주먹.

살짝 붓고, 껍질이 까져 피딱지가 굳어 있긴 했지만 겨우 그 정도였다.

하지만 한천은 알고 있었다.

단엽 정도 되는 무인의 주먹이 이렇게 변할 정도라면 얼마나 많은 횟수를 휘둘러 댔을지를.

그랬기에 한천이 말을 이었다.

"아무리 뛰어난 무인이라고 해도 이틀 밤낮을 꼬박 바위에 주먹질을 해 대면 성할 리가 없지요."

"성할 리가 없다고 하기엔 내 주먹은 아직 멀쩡해."

단엽이 자신만만한 목소리로 말했다.

자기 자신의 주먹과 신체에 강한 자신감을 가지고 있는 단엽이었으니까.

그런 그를 향해 한천이 대답했다.

"몸은 건강할 때 관리하는 겁니다. 특히나 무인에게 손은 생명이지요. 저도 다친 오른손 때문에 얼마나 고생인데요."

자신의 손을 들어 올려 보이는 한천의 모습에 단엽은 처음 만났을 무렵 마차에서 떠들어 대던 그의 이야기를 떠올렸다.

정말 말도 안 되는 소리였기에 아직까지도 기억하는 그 말.

"엄청난 고수들과 백 대 일로 싸우다가 다쳤다 뭐다 떠들어 대던 그 손 말이야?"

"어라? 제가 그 이야기를 했던가요? 이거 엄청난 비밀인데……."

"비밀은 무슨. 지나가던 개도 알 정도로 떠들어 놓고는."

툭하면 꺼내는 말이면서 일급비밀이라는 듯 구는 한천의 모습에 기가 막혔다.

그러고는 이내 더는 이야기를 이어 가지 않겠다는 듯 한천을 지나쳐 가며 말을 덧붙였다.

"난 아저씨처럼 약골이 아니거든. 그러니 충고는 됐어."

말을 마친 단엽은 쌩하니 걸음을 옮겼다.

그렇게 앞장서서 걸음을 옮기던 단엽은 문득 뭔가 의문스러운 사실 하나를 깨달았다.

'그런데 대체 언제부터 내 옆에 와 있던 거지?'

화가 잔뜩 난 상태로 무공에 열중하고 있었다고는 하지만 한천이 입을 열기 전까지 자신은 그가 지척에 다가와 있음을 알아차리지 못했었다.

분명 그건 이상한 일이었지만…….

슬쩍 바라보는 순간 씩 웃어 보이는 한천의 얼굴을 보며 단엽은 고개를 저었다.

그렇게 혼자서 먼저 훅 가 버리는 단엽을, 한천은 그저 말없이 바라보고만 있었다.

여전히 싱글벙글 웃는 얼굴의 한천이 그 상태 그대로 입을 열었다.

"저걸 그냥 확……."

*　　*　　*

대부분의 사람들이 잠자리에 들었을 법한 새벽녘.

인적이 드문 길을 따라 죽립을 쓴 두 사람이 움직이고 있었다. 그 둘의 정체는 천무진과 백아린이었다. 둘의 발걸음이 향하고 있는 장소는 다름 아닌 사천당문이었다.

당소련이 백아린의 부탁을 받아들여 사천당문 내부로 두 사람이 들어올 기회를 만들어 준 것이다. 다른 것도 아닌 죽은 당백의 거처를 살피고자 한 일, 시간이 흐를수록 뭔가를 찾아낼 확률은 줄어들 상황인지라 급히 일정이 잡힌 것이다.

천무진과 나란히 걷고 있던 그녀가 입을 열었다.

"이렇게 따라 나오실 줄은 몰랐어요."

"그만큼 중요한 일이잖아."

사천당문에 의뢰했던 모든 것이 물거품으로 돌아가 버렸다. 증거품까지 사라진 상황에서 천무진 또한 손 놓고 기다릴 수만은 없었다.

백아린을 믿지 못해서가 아니다.

그녀의 실력을 옆에서 봐 왔기에 이제는 안다.

그 비상하게 굴리는 머리를 보며 몇 번이고 감탄했으니까.

하지만 그럼에도 굳이 같이 사천당문을 찾아가는 건 백아린은 모르는 비밀들이 있기 때문이다.

천무진이 그녀에게 말해 주지 않은 이야기들.

저번 생과 관련된 것들 말이다.

조종되어지는 삶을 살았다는 것과 그때 겪었던 수많은 일들을 어찌 그녀에게 말할 수 있겠는가.

그런 정보들이 있었기에 천무진은 백아린과 동행한 것이다.

그 같은 사실들을 모르는 그녀의 입장에서는 아무렇지 않게 넘길 수 있는 그 무엇인가가 단서가 될 수도 있다 여겼으니까.

이윽고 두 사람이 도착한 사천당문.

그리고 그곳에서는 시간에 맞춰 미리 나와 있던 당소련이 자리하고 있었다.

사천당문에 들어가는 입구는 총 세 개다.

그리고 그 외에 하나가 더 있었으니, 당문에서 일하는 하인들이 쓰레기를 버리거나 하는 잡다한 일을 할 때 사용하는 쪽문이었다.

쪽문은 안에서만 열 수 있고, 또 시간이 늦으면 누구도 이용할 수 없도록 굳게 잠겨 있는 것이 일반적이었다.

그렇지만 오늘은 비밀리에 두 사람이 들어올 수 있도록 당소련이 미리 손을 써 둔 것이다.

당소련이 두 사람을 발견하고 짧게 인사했다.

"오시느라 고생하셨어요."

"아뇨. 무리한 부탁일 수도 있는데 곧바로 자리를 만들어 주셨으니 저희가 감사하죠."

"저희 쪽에서 필요한 증거품을 잃어버렸는데 이 정도는 어떻게든 해 드려야죠."

물론 그 과정에서 사천당문 또한 당백이라는 인물을 잃었지만, 그 어떠한 핑계를 대더라도 증거품을 잃어버린 건 자신들의 잘못이었다.

당소련의 시선이 이내 백아린의 옆에 있는 천무진에게로 향했다.

마찬가지로 죽립의 앞부분을 눌러 쓴 탓에 얼굴은 확인할 수 없었지만…….

'젊은 사내로군.'

큰 키와 슬쩍 드러난 턱 선.

그것만으로도 상대에 대한 간략한 파악은 할 수 있었다.

누군지 궁금하기도 했지만 아쉽게도 이곳은 이야기를 나누고 있을 장소가 아니었다.

당소련이 말했다.

"서두르죠. 시간이 얼마 없어요."

기껏해야 두 시진.

그 이상의 시간은 당소련 또한 만들기 쉽지 않았다. 얼굴도 감추고 있는 이들이 대놓고 손님으로 들어올 수도 없는 상황, 가능하면 오늘 이 은밀한 만남에서 모든 걸 끝마쳐야만 했다.

당소련은 곧바로 두 사람과 함께 쪽문을 열고 사천당문 내부로 들어섰다.

이미 최측근들을 이용해 당백의 거처로 향하는 길목 곳곳의 통행을 은밀히 조절하고 있었기에 그녀는 거침없이 나아갔다.

당소련의 뒤를 쫓아 천무진과 백아린 또한 서둘러 움직였다.

약 반 각 가까운 시간을 움직인 그들은 마침내 목적지에 도착할 수 있었다. 앞장섰던 당소련이 장원으로 들어서며 말했다.

"여기가 그분의 거처예요."

"돌아가신 곳이 어딥니까?"

"이쪽으로 오시죠."

천무진의 질문에 그녀가 장원 안쪽으로 둘을 안내했다. 그렇게 두 사람은 곧바로 당백이 죽임을 당한 장소에 도착할 수 있었다.

시신이 사라지고, 불이 가득 피어올랐던 아궁이가 차갑게 식어 있는 것만 제외하고 내부는 그 당시와 하나도 달라지지 않았다.

수많은 실험 도구들, 그리고 어지럽게 놓여 있는 여러 종류의 독들까지.

백아린이 그걸 살피는 동안 천무진은 천천히 바닥을 훑어봤다. 사방으로 튄 핏자국, 상당히 깊은 상처를 입고 죽은 듯싶었다.

바닥의 혈흔을 보며 천무진이 물었다.

"피가 여러 곳으로 튄 걸 보아하니 일격에 사망한 건 아닌 것 같은데 맞습니까?"

"맞아요. 옆쪽으로 한 번 들어왔고, 가슴에 세 개의 흉상이 있었죠. 그리고 상처는 깨끗했어요. 네 개의 상처 모두 곤(丨)자로 뚫고 들어갔고 그렇게 길지 않은 무기에 당한 것 같아요."

말과 함께 당소련이 부상을 당했던 부위를 손으로 얼추 짚어 줬다. 그녀의 그런 모습에 주변을 살피던 백아린이 짧게 말했다.

"범인은 왼손잡이거나 아니면 뒤에서 찔렀을 확률이 크겠네요."

"……네?"

백아린의 말에 당소련이 그걸 어찌 아냐는 듯 되물었다. 그러자 그녀가 정면으로 다가와 설명을 시작했다.

"상처가 오른쪽 옆구리에 났잖아요. 그렇다면 일반적으로 검을 들 때는 날이 이런 방향으로 서게 드는 것이 일반적이니까……."

백아린이 옆에 있는 긴 막대기를 단숨에 반으로 잘라 버리더니 찌르는 시늉을 하기 시작했다.

오른손으로 들고 찌르는 흉내를 내자 자연스레 편안하게 파고들 수 있는 각도로 인해 팔목이 옆으로 뉘어졌다.

그제야 당소련은 짧은 탄성을 내뱉었다.

"아……!"

이렇게 되면 상처는 일(一)자가 돼야 옳았다. 하지만 상처는 가로가 아닌 세로로 나 있었다. 말대로 정면에서 찔렀다면 오른손이 아닌 왼손이었어야 정확하게 파고들 수 있는 상황.

모습을 보여 줬던 백아린은 이내 그녀의 뒤편으로 향했다.

"이쪽이었다면 뭐 설명할 것도 없이 이렇게 뒤에서 다가와 찔렀겠죠. 물론 이건 전부 가정이에요. 불편하긴 하지만 오른손으로 그렇게 찌르는 것이 불가능한 건 아니니까요. 독특한 무기가 있을 수도 있고요."

당소련은 백아린의 설명을 넋을 잃고 듣고만 있을 수밖에 없었다.

하지만 그녀의 이야기는 거기가 끝이 아니었다.

"그리고 또 하나. 만약 뒤에서 찔린 거라면 범인은 일면식이 있는 자일 확률이 높아요."

"그건 어째서죠?"

"피가 뿌려진 방향을 보면 알 수 있잖아요."

뒤쪽에서 당했다는 가정이 맞다면 무기에 찔렸을 때 당백은 입구를 바라보고 있었다. 그렇다면 살수가 입구의 반대편에 있었다는 건데, 이곳을 드나들 수 있는 건 오로지 입구의 문 하나밖에 없었다.

창문 또한 문 옆에 있었기에 비밀리에 뒤편으로 잠입할 공간은 없다고 봐야 했다.

이런 사실을 짧게 설명한 백아린이 말을 이었다.

"이 모든 정황을 보건대 말대로 뒤에서 찌른 거라면 잠시나마 여기에 같이 있었을 확률이 크다는 결론이 나오죠."

"……좋은 정보네요. 엄청난 도움이 됐어요."

진심으로 감탄한 듯 당소련은 고개를 끄덕였다.

말을 마친 백아린이 주변의 것들을 조금 더 확인하다 이내 짧게 한숨을 내쉬었다.

이야기를 듣긴 했지만 직접 봐도 뭔가 의심스러운 것은 보이지 않았기 때문이다.

혹시나 하는 생각에 옆에서 움직이고 있는 천무진을 확

인했지만, 그 또한 뭔가를 찾은 기색은 보이지 않았다.

뭔가 이야기를 나누려는 듯 백아린이 천무진을 향해 한 걸음 내디딜 때였다.

천무진이 갑자기 손을 들어 올렸다.

누군가의 기척이 느껴져서다.

백아린 또한 그의 수신호를 보는 순간 이쪽으로 다가오는 누군가의 걸음 소리를 알아차렸다.

죽립을 쓴 두 사람은 서로를 확인하고는 이내 고개를 끄덕였다.

천무진이 서둘러 벽에 몸을 기댔고, 백아린은 옆에 있던 당소련의 손목을 잡아채서 반대편 벽에 몸을 숨겼다.

인근에서 들려왔던 발걸음 소리.

그 소리가 이곳의 입구에 멈추어 섰다.

벽에 기대어 선 당소련이 마른침을 꿀꺽 삼켰다.

그리고 천무진과 백아린의 손이 천천히 자신들의 무기로 향하고 있었다.

* * *

몸을 감춘 천무진은 다가오는 상대의 기척에 온 정신을 집중시켰다.

이런 늦은 시각, 살인이 일어났던 장소에 누군가가 나타났다는 것 자체가 의심할 수 있는 부분이었으니까.

벽에 기댄 채로 숨을 죽이고 있는 그때 마침내 그 기척의 주인공이 문을 열며 안으로 걸어 들어왔다.

그리고 약속이라도 한 것처럼 어둠 속에서 두 개의 무기가 그자에게로 향했다.

스윽.

천무진의 검이 그자의 목에 닿았고, 백아린의 대검이 뒤를 막았다.

순식간에 상대를 옴짝달싹 못 하게 만들어 버린 것이다.

그 상황에서 천무진이 놀란 듯 뻣뻣하게 굳은 상대를 향해 입을 열었다.

"움직이지 마. 죽는다."

경고와 함께 천무진의 눈이 빠르게 상대를 훑었다.

나이는 십 대 후반 정도로 무척이나 젊은 사내였다. 그리고 한눈에 봐도 잔뜩 긴장한 것이 느껴질 정도로 얼어 있었다.

허나 무엇보다 시선을 잡아 끈 건 사내의 손에 들린 하나의 물건이었다.

덜덜.

가볍게 떨고 있는 그의 손에 들린 물건은 다름 아닌 밥상이었다.

대여섯 개의 간단한 반찬과 밥, 그리고 따뜻한 김이 올라오는 국까지 있는 단출하지만 있을 건 다 있는 한상차림이었다.

생각지도 못한 상황에 천무진이 미간을 찌푸리며 물었다.

"뭐야 이게?"

이 늦은 시각 이곳에 찾아오는 누군가의 기척을 느끼며 천무진은 두 개의 경우를 예상했다.

첫 번째는 이곳에서 당백을 죽인 범인이거나, 그와 관련되었을 자일 경우. 두 번째로 몰래 잠입하는 자신들을 발견하고 뒤쫓은 누군가일 경우였다.

허나 들어온 상대는 기척을 감추지도 않았고, 그럴 실력도 없어 보였다.

한마디로 자신들의 뒤를 쫓은 자는 아니라는 소리다.

그렇다면 자연스레 첫 번째 의심이었던 이번 살인에 연관되었을 자라는 거였는데…… 그렇게 보기엔 손에 들린 저 밥상은 어떤 식으로 생각해도 설명이 되지 않았다.

그 순간 백아린의 뒤편에 서 있던 당소련이 입을 열었다.

"잠시만요."

"아는 분이에요?"

백아린의 질문에 그녀가 고개를 끄덕였다. 그러고는 아직까지도 무기를 겨누고 있는 두 사람에게 손짓을 하며 말했다.

"무기를 치우세요. 당인(唐寅)이라고 당백 사숙을 가까이에서 모셨던 아이예요. 범인이 아닙니다."

"가까이에 있던 자라면 더 의심해 봐야 하는 상황이에요."

"그래도 당인은 절대 범인이 아니에요."

"그렇게 확신하시는 이유가 뭐죠?"

물어 오는 백아린을 향해 당소련이 차분하게 답했다.

"……그는 제대로 무공을 펼칠 수 없으니까요."

사천당문의 피를 이었지만, 선천적으로 무공을 익히기 어려운 신체를 타고난 당인이다.

그랬기에 기본적인 것들을 조금 배우긴 했지만, 호신용조차 되기 어려운 미미한 수준에 그칠 수밖에 없었다.

간신히 삼류를 조금 넘어선 정도의 실력.

그런 그가 당백을 죽인다는 건 말이 되지 않았다.

당인은 무공보다는 독에 대한 연구를 전담으로 맡은 사내였고, 당백의 곁에서 그의 지식을 전수받던 중이었다.

당소련의 대답을 들은 백아린이 천무진을 향해 슬쩍 고개를 돌렸고, 죽립을 쓰고 있음에도 불구하고 자신을 향해 시선을 주고 있다는 사실을 눈치챈 그는 고개를 끄덕였다.

그러고는 거의 약속이라도 한 듯이 두 사람은 동시에 각자의 무기를 거뒀다.

당소련의 말을 듣고 우선 검을 치우긴 했지만, 그렇다고 해서 모든 의심까지 거둔 건 아니었다.

천무진이 물었다.

"여기는 사람이 죽은 장소야. 그런 장소에 왜 아무도 없는 이 늦은 시각에 음식을 들고 나타난 거지?"

방금 전까지 검이 닿아 있던 목을 어루만지던 당인이 조심스럽게 대답했다.

"그게…… 마지막 식사를 챙겨 드리지 못한 게 자꾸 마음에 걸려서요."

식사를 하라고 찾아왔던 자신을 당백은 시끄럽다며 쫓아냈다.

평소 자주 있는 일인지라 그냥 그러려니 하고 물러났거늘 그것이 우습게도 사부인 그와의 마지막 대화가 되어 버렸다.

말을 하면서 감정이 복받쳤는지 당인의 눈가에 눈물이 맺혔다.

그가 눈물을 흘리며 말을 이었다.

"끅끅, 아무리 열중하고 계셨어도 어떻게든 식사를 하도록 모셨어야 했는데…… 하필이면 제가 자리를 비우자마자 그렇게 되실 줄은 정말 몰랐습니다."

당인의 이야기를 듣고 있던 백아린이 황급히 물었다.

"잠시만요. 그럼 당백이라는 분이 죽기 직전에 당신을 만나셨다는 말인가요?"

"예, 그랬습니다."

"저 그럼 혹시 그때 뭐 이상한 거 없었어요? 무엇을 들고 있었다거나, 아니면 당신에게 뭔가를 이야기하셨다거나요."

"아뇨, 평소처럼 절 귀찮아하시면서 그냥 하시던 일에 열중하고 계셨습니다. 아, 그런데 갑자기 손가락에 상처를 내시더라고요."

"자기 손가락에 말인가요?"

"예. 그러고는 놓여 있는 천 조각에 손가락에 맺힌 피를 쥐어짜고 계셨습니다."

"피를…… 쥐어짜요?"

천 조각이라면 분명 자신들이 건네준 바로 그 물건일 터. 그런데 그곳에 피를 쥐어짜고 있었다?

백아린이 재차 질문을 던졌다.

"그때 어때 보이셨어요?"

"무엇을 말씀하시는 건지……."

"당시 당백이라는 분의 상태요."

"뭔가를 고민하고 계시다가 갑자기 잔뜩 흥분하신 것처럼 보였습니다. 그러더니 손가락에 상처를 내셨고요."

당인에게 이야기를 전해 들으며 백아린은 점점 확신을 가질 수 있었다.

뭔가를 알아냈던 것이 분명하다.

그것이 정답이라고는 장담할 수 없지만, 최소한 맞는 방향으로 가고 있었던 모양이다. 그랬으니 입을 막기 위해 당백을 죽였을 것이고.

백아린이 말했다.

"분명 당백이라는 분은 뭔가를 알아내셨어요. 독이 묻어 있는 천에 피를 짜내셨다는 걸 보니 그게 관련이 있는 것 같은데……."

바로 그때였다.

"……혈린만혼산(血燐萬魂散)?"

당소련의 중얼거리는 목소리가 천무진과 백아린의 귀에 들어왔다.

그녀를 향해 천무진이 물었다.

"그게 뭡니까?"

"사천당문 내에 금기로 정해져 있는 독이에요. 피와 섞이면 독성이 사라지는 특이한 종류의 것이죠. 아무래도 사숙은 그 독을 혈린만혼산이 아닌가 의심했던 모양이에요."

"지금 그 말은 천에 묻어 있던 독이 사천당문의 것이라는 소립니까?"

"가능성을 배제할 순 없겠죠. 오히려 피가 묻으면 사라진다는 특이성을 보면 그럴 확률이 높다고 생각해요."

"혈린만혼산이라는 독을 외부에서 구하는 게 가능합니

까?"

"아뇨, 방금 말씀드렸던 것처럼 금지된 독으로 정해져 있어서 아주 일부만 금장전에 감춰져 있어요. 만드는 방법조차도 극비고요. 외부에서 구한다는 건 절대 불가능해요."

당소련은 인정하고 싶지 않았다.

누군가의 죽음에 사천당문의 금기된 비전 독이 사용되었다는 사실을.

하지만…… 현실이 말해 주고 있었다.

사천당문 내에서 자신이 모르는 뭔가가 벌어지고 있다고.

당소련이 말을 이었다.

"금장전에 들어갈 수 있는 사람은 사천당문에서도 다섯 명밖에 없어요."

금장전에 출입할 수 있는 다섯.

그중 누군가가 혈린만혼산을 바깥으로 빼돌렸다.

거기다 정황을 보고 추측건대 그 같은 일을 벌인 자는 당백을 죽인 범인일 확률이 높았다.

그리고 그 말은 곧…… 그 다섯 중 최소한 한 명은 천무진이 찾는 그들과 관련이 있다는 사실을 의미했다.

이 같은 사실을 직감한 천무진이 입을 열었다.

"혈린만혼산을 빼돌린 게 누군지 알아내실 수 있겠습니까?"

"……."

당소련은 침묵했다.

출입이 통제된 만큼 금장전을 지키는 이가 있다. 그를 통해 근래에 그곳을 드나든 이들을 확인해 볼 수야 있겠지만 문제는 이 모든 일이 사천당문 내부의 일이 될 거라는 소리다.

적화신루에서 의뢰한 독이, 그리고 당백의 죽음이 모두 사천당문 안에서부터 조사해야 할 일이 되어 버린다.

허나 이대로 넘길 일은 분명 아니었다.

자신의 부탁을 들어주다가 죽게 된 당백을 위해서도.

마음을 정한 당소련이 고개를 끄덕였다.

"……알아보죠."

*　　*　　*

점심시간이 조금 지났을 무렵.

휘장 건너의 인물은 꽤나 편안한 자세로 기대어 있었다.

식사를 끝내고 얼마 되지 않아 잠시 눈을 붙이고 있던 그자는 자신의 거처로 들어서는 누군가의 발걸음 소리에 정신을 차렸다.

모습을 드러낸 사내가 조심스레 입을 열었다.

"숙면을 방해했군요. 죄송합니다."

"됐어. 무슨 일이지?"

"말씀하신 천무진에 대한 정보가 들어와서 보고를 드리러 왔습니다."

천무진에 대한 이야기가 나오자 휘장 안쪽의 그림자가 길게 기지개를 펴며 자리에서 일어났다. 하품을 한 그자가 손짓을 하며 말했다.

"해 봐."

"지금 천무진을 돕고 있는 건 크게 둘입니다."

"그게 누구지?"

"단엽과 적화신루입니다."

"……단엽이라는 게 대홍련의 애송이를 말하는 건가?"

"예, 그렇습니다."

"대홍련이 직접 도움을 주는 건 아니고?"

"파악 중이긴 한데 아직까지 그건 아닌 것 같습니다. 물론 추후에 그럴 가능성도 아예 배제할 순 없습니다만 지금은 단엽만이 천무진을 따르고 있습니다."

"대홍련이라…… 생각지도 못한 놈들을 끌어들였군그래."

대홍련은 사파의 거두로 귀찮은 존재들이었다.

허나 휘장 너머의 인물은 그들이 두렵지 않았다. 고작 대홍련 정도로 긴장하기엔 그자는 너무도 특별했으니까.

휘장 안쪽에서 목소리가 흘러나왔다.

"그럼 얼마 전 우리 쪽 놈을 죽였다는 게 단엽인가?"

"그런 걸로 파악됩니다. 무림맹에 숨겨져 있던 저희 세력을 어떻게 찾아내서 건드린 건가 했는데, 아무래도 그때 단엽이 양휴를 데리고 가면서 그 일이 밝혀진 것 같습니다."

"어떻게 그걸 알아냈는지 의문이었는데 이제야 속이 좀 시원하군그래."

자신 쪽의 세력 하나가 당한 일을 이야기하면서도 그자는 무덤덤했다.

그만큼 그 사건이 이들에게는 큰일이 아니라는 의미였다.

그자가 되물었다.

"지금은? 지금 그 녀석은 뭘 하고 있지?"

"잘은 모르겠으나 사천당문과 뭔가 이야기를 주고받는 모양새입니다. 저희가 사용한 독의 정체를 알아봐 달라고 의뢰를 했다더군요."

"뭐? 그래서?"

"다행히 사전에 막아 냈다고 합니다."

수하의 말에 휘장 안에서 움찔했던 그림자가 이내 고개를 절레절레 저었다.

"꼴에 천룡성 놈이라고 귀찮게 하는군."

"그냥 두실 생각이십니까?"

"그래야지. 지금 그놈을 죽일 순 없잖아?"

모종의 이유로 천무진을 죽일 생각은 전혀 없었다. 하지만…….

잠시 생각에 잠겨 침묵하던 그자가 천천히 입을 열었다.

“그래도 이대로 당해 주기만 하면 억울하니 우리 쪽에서도 선물 하나 정도는 보내 줘야겠군. 천무진에게서 확인해야 할 것도 있고 말이야. 사천에 연락을 넣도록 해.”

“어떻게 처리하라고 할까요?”

“그 녀석의 양팔 중 하나 정도 잘라 줘. 그러면 좀 조용해지지 않겠어?”

휘장 너머의 상대가 말하는 팔이라는 건 진짜 천무진의 신체를 뜻하는 것이 아니었다. 그자가 말한 양팔은 다름 아닌 천무진을 돕고 있는 두 개의 세력을 뜻했다.

단엽과 적화신루.

그 두 개 중 하나를 쳐 내려고 하는 것이다.

고개를 끄덕인 수하가 이내 되물었다.

“알겠습니다. 그럼 천무진에게서 확인해야 할 거라는 건 어떻게 처리를 할까요?”

“아아, 그건 그냥 내버려 둬. 그 일은 십천야(十天夜)가 직접 움직여야 할 것 같으니까.”

십천야라는 말을 듣는 순간 수하의 얼굴에 놀란 빛이 역력했다.

어지간한 일이 아니고서는 쉽사리 모습을 드러내지 않도록 하는 그들이다.

그런 그들을 움직이겠다니…….

휘장 안쪽의 인물이 중얼거렸다.

“천무진에게 누굴 보내야 하나.”

잠시 이어지던 고민.

하지만 이내 결정을 내린 그자가 입을 열었다.

“그래, 반조(潘照) 그 녀석이 좋겠군.”

반조라는 이름을 듣기 무섭게 수하가 당황한 목소리로 말했다.

“반조를 말입니까? 그는 너무 위험합니다.”

수하의 놀란 듯한 모습에 휘장 안쪽의 인물이 자리에서 일어나며 입을 열었다.

“그가 너무 위험하다니? 재미있는 소리를 하는군.”

이내 그자가 천천히 말을 이었다.

“애초에 십천야 중에…… 위험하지 않은 자가 있던가?”

3장. 잔꾀 —
드시지요

비밀리에 사천당문 방문을 마친 천무진과 백아린은 거처로 돌아왔다.

시각은 얼추 인시(寅時:새벽 3—5시) 정도로 조금 있으면 해가 뜰 정도로 지나 있었다. 밤을 꼬박 새웠음에도 불구하고 두 사람은 잠자리에 들지 않고 곧장 집무실에 같이 자리했다.

백아린은 확인해야 할 일이 있다며 금호의 비밀 거점에서 찾아온 서책을 재차 훑어봤고, 천무진은 반대편에 앉아 따뜻한 차를 마시며 고민에 잠겨 있었다.

그렇게 약 이 각 가까운 시간이 지났을 무렵.

천무진은 서책에 시선을 고정한 채로 뭔가에 열중하고 있는 백아린을 향해 새 찻잔을 내밀며 입을 열었다.

"차 한잔해."

"아, 고마워요."

힐끔 시선을 돌린 그녀가 찻잔을 들고는 이내 그걸 호로록 마셨다.

소매 안에서 자고 있던 치치는 연신 움직이는 팔이 불편했는지, 안에서 뛰어나와 책상 한구석에 자리하고는 다시 잠에 빠졌다.

천무진이 물었다.

"어떻게 생각해, 이번 일. 사천당문이 개입되어 있을 것 같은데."

"저도 그렇게 생각해요. 그나저나 일이 점점 커지네요. 무림맹에 온 걸로도 모자라 무림맹의 부관주를 사천당문의 누군가가 죽였고, 그걸 알게 되었으니…… 앞으로 시끄러워질 것 같아요."

"그런데 안 물어봐?"

"뭘요?"

"내가 누굴 찾는지, 왜 그들을 찾는지 궁금할 것도 같은데."

천무진의 솔직한 말에 백아린은 잠시 움찔했다.

그녀는 천무진이 건넨 찻잔을 어루만지다 이내 속내를 털어놨다.

“궁금해요. 처음에도 궁금했지만, 지금은 그때와 비교도 안 될 정도로 미치도록 궁금해요. 이런 말도 안 되는 일을 벌이는 자들이 누구인지도 궁금하고, 그들의 목적도 알고 싶어요. 그리고 대체 어떻게 이들을 알아차리고 천룡성이 움직이고 있는지도요.”

기다렸다는 듯 내뱉는 백아린의 말에 천무진은 피식 웃었다.

의자에 기댄 채로 그가 말했다.

“엄청 궁금한 모양인데 용케도 참고 있었네.”

“그럼요. 자다가도 생각나면 몇 번이고 벌떡벌떡 깰 정도로 궁금한걸요. 마음 같아서는 당신을 잡아다가 어르고 달래서 뭐라도 더 알아내고 싶지만…… 참으려고요.”

“왜?”

“이런 상황에도 밝히지 않는다는 건 말할 수 없는 이유가 있다는 소리니까요. 제가 그걸 알려고 하면 당신이 불편해지겠죠.”

백아린의 말에 천무진은 잠시 그녀를 지그시 바라보기만 했다.

참으로 많은 생각이 들게 하는 말이다.

잠시 말이 없던 천무진이 이내 그런 그녀의 말에 답했다.

"반은 정답이라고 해야겠군."

"나머지 반은요?"

"글쎄."

천무진이 애매하게 말을 돌리자, 백아린이 그를 향해 투덜거렸다.

"가르쳐 줄 것도 아니면서 괜히 궁금한 부분 들쑤시지 말아요. 힘들게 참고 있는데."

"그렇게 하지."

"차 잘 마셨어요."

백아린은 남은 차를 모두 마시고는 다시금 보고 있던 서책을 향해 시선을 돌렸다.

이후에도 한참 뚫어져라 서책을 바라보며 그 안에 적힌 숫자들과 힘겨운 사투를 벌이던 그녀가 이내 손등으로 눈을 비볐다.

그런 백아린을 향해 천무진이 말했다.

"피곤한 것 같은데 방에 가서 눈 좀 붙이지?"

"아뇨, 전 멀쩡해요. 조금 더 보고 싶은 게 있거든요."

감기려는 눈꺼풀을 억지로 치켜뜨며 백아린은 다시금 서책을 향해 시선을 돌렸다.

며칠 동안 계속해서 일이 벌어졌고, 그걸 해결하느라 잠깐 눈을 붙일 시간도 없던 그녀다. 무려 닷새를 침상에 눕지도 못했으니 제아무리 무인이라 해도 피곤한 건 당연했다.

어떻게든 버티겠다며 힘겹게 눈에 힘을 주며 서책을 바라보곤 있었지만…….

꾸벅꾸벅.

결국 책상 앞에서 백아린은 꾸벅거리며 졸기 시작했다.

쌔근거리며 책상 앞에서 잠든 그녀를 천무진은 턱을 괸 채로 가만히 바라보고만 있었다.

괜찮다고 호언장담을 하다 갑자기 기절하듯 잠이 든 백아린의 모습에 기가 막히면서도, 한편으로는 그간 그녀가 얼마나 고생했는지가 느껴졌다

의자에 앉아 불편하게 잠들어 있는 백아린을 보며 천무진은 왠지 모를 안쓰러운 마음이 들었다.

'그러게 가서 편안하게 자라니까.'

방에 가서 자라는 말을 전하기 위해 몸을 일으켜 세우려던 천무진은 이내 생각을 바꿨다.

분명 잠에서 깬다면 하던 일을 마무리 짓겠다며 다시금 서책에 몰두하려 애쓸 여인이라는 걸 이제는 알게 됐으니까.

이렇게라도 놔두는 것이 그나마 백아린이 조금이라도 더

잘 수 있는 상황이라는 걸 알기에 결국 천무진은 그녀를 깨우는 걸 포기했다.

'하여튼 고집하고는.'

그녀가 조금 더 편안하게 침상에 누워서 잤으면 했지만…….

천무진은 백아린을 깨우는 대신, 그녀의 잠을 방해하지 않도록 자신이 방을 조용히 나가기로 마음을 정했다.

자리에서 일어난 천무진은 까치발까지 든 채로 조심스레 걸음을 옮겼다. 기척을 완전히 감춘 채로 움직인 덕분인지, 바깥으로 나갈 때까지 백아린은 깨지 않았다.

얼마 되지도 않는 거리였지만 그렇게 어렵사리 걸음을 옮겨 바깥으로 걸어 나온 천무진은 슬쩍 하늘을 올려다봤다.

어느덧 서서히 동이 트고 있었고, 이제 곧 다시 아침이 찾아올 모양새였다.

아침이 오면 다시금 무림맹에 들어가야 할 터이니, 지금의 이 휴식이 그리 길지는 않을 터.

천무진은 곧바로 걸음을 옮겨 어딘가로 향하기 시작했다. 그리고 이내 그가 도착한 곳은 다름 아닌 천룡성의 하나뿐인 가솔, 남윤의 방이었다.

천무진이 바깥에서 목소리를 높였다.

"영감, 일어났어?"

그의 목소리가 끝나기 무섭게 문이 열리며 안에서 남윤이 걸어 나왔다.

"예, 일어나 있었습니다만 이 이른 시간에 작은 주인님께서 어쩐 일이십니까?"

"다른 게 아니라 한 시진 정도 후쯤 일어날 거 같은데 영양식 좀 부탁할게."

영양식이라는 말에 의외라는 듯 남윤이 고개를 갸웃했다.

사실 천무진이 몸에 좋은 음식 같은 걸 따로 챙겨 달라 부탁한 것은 이번이 처음이었기 때문이다. 허나 이내 그는 고개를 끄덕이며 답했다.

"그리하지요. 그나저나 어디 편찮으시기라도 하신 겁니까? 생전 이런 말씀 안 하시던 분이 갑자기 영양식을 챙겨 달라 하시니……."

"아아. 나 말고 저기 집무실에서 자고 있는 녀석한테 필요할 것 같아서."

천무진의 그 말에 남윤은 놀란 듯 눈을 치켜떴다.

영양식을 챙겨 달라는 말도 분명 처음이었지만, 이런 식의 배려 또한 익숙한 모습은 아니었으니까.

낯선 모습이긴 했지만, 남윤은 더 내색하지 않고 대답했다.

"그리하지요."

"부탁할게, 영감."

말을 마친 천무진이 자신의 거처로 돌아가기 위해 몸을 돌리다 뭔가를 생각해 내고는 급히 말을 이었다.

"아, 혹시 음식이 미리 준비돼도 정확하게 한 시진 후에 부탁해. 조금이라도 더 자게 놔두고 싶어서."

"……알겠습니다."

묘한 표정으로 재차 고개를 끄덕이는 남윤을 뒤로한 채로 천무진은 자신의 거처를 향해 걸음을 옮겼다.

걸어가던 천무진이 피곤한지 길게 기지개를 켰다.

그리고 멀어져 가는 그의 뒷모습을 물끄러미 바라보던 남윤이 갸우뚱하며 중얼거렸다.

"거참, 모를 일이로군그래."

한 시진가량을 깜빡 졸던 백아린은 고소한 음식 냄새에 정신을 차렸다.

언제 잤는지 모를 정도로 숙면에 빠져 있던 그녀가 화들짝 놀라 눈을 뜬 그때, 문이 열리며 남윤이 모습을 드러냈다.

그리고 그의 손에 들린 쟁반 위에는 커다란 그릇들이 몇 개나 자리하고 있었다.

잠시 백아린이 정신을 추스르는 사이 근처까지 다가온 남윤이 책상 위에 가져온 음식들을 하나씩 올리기 시작했다.

그리고 그걸 보는 순간 백아린의 눈동자가 당황으로 물들었다.

백숙을 비롯해서, 갖은 약재와 해물들이 뒤섞인 찜까지. 밑반찬이라고 나온 음식조차 하나같이 몸에 좋은 것들로만 가득했다.

상을 가득 채운 음식들을 바라보며 당황한 그녀가 물었다.

"이게 아침이에요?"

"그럼요. 드시지요."

말과 함께 남윤이 가지고 온 식기를 내밀었다.

얼결에 그걸 받아 든 백아린은 멍하니 음식들을 내려다봤다.

평소에도 음식을 잘 챙겨 주는 남윤이었지만, 그래도 이 정도는 아니었다.

이른 아침과 전혀 어울리지 않는 식단.

머뭇거리던 그녀가 옆에 서 있는 남윤을 올려다보며 물었다.

"……저 혹시 어디에서 잔치해요?"

*　　*　　*

점심을 먹을 시간이 훌쩍 지났거늘 백아린은 허기가 전혀 느껴지지 않았다.

이른 아침 눈을 뜨자마자 날아온 엄청난 영양식들 덕분이었다.

처음엔 그토록 많은 영양식이 왜 아침부터 날아들었을까 의아했지만, 이내 남윤에게 들어서 알 수 있었다. 그 모든 것이 천무진의 부탁으로 이루어진 것이라는 걸.

음식은 맛있었다.

고작 한 시진이었지만 뛰어난 음식 솜씨를 지닌 남윤은 제 실력을 충분히 발휘했고, 덕분에 백아린은 살아생전 최고로 많은 양의 아침을 먹었다.

좋은 재료들로 만들어진 영양식 덕분인지 백아린은 아침부터 기운이 넘쳤다.

그리고 힘이 나는 이유는 비단 좋은 음식을 먹어서만은 아니었다.

자신을 생각해 준 천무진의 마음 씀씀이, 그 또한 백아린은 나쁘지 않았다.

홀로 걷고 있는 그녀는 자신도 모르게 피식피식 웃음을 흘리고 있었다.

'자기만 아는 작자인 줄 알았는데 은근 주변 사람을 챙길 줄도 아네.'

생각지도 못한 천무진의 선물은 백아린의 아침을 기분 좋게 만들어 줬다.

그렇게 실없이 웃으며 걸음을 옮기던 그녀가 멈추어 선 곳은 바로 무림맹 바깥에 있는 객잔이었다. 같은 성도 지역이긴 했지만 무림맹 반대편에 위치해 있었기에, 거리상으론 제법 먼 곳이었다.

이 객잔에 백아린이 온 이유는, 무림맹에서 내려온 명령 때문이었다.

바로 이곳에 찾아올 누군가에게 물건을 하나 받아 오는 임무였다.

그녀는 곧바로 객잔 안으로 들어섰고, 내부는 휑했다.

"어서 옵쇼!"

염소수염을 한 객잔 주인이 백아린을 향해 서둘러 다가왔다. 그가 곧바로 물었다.

"방을 내 드릴까요?"

"아, 아뇨. 여기서 만나기로 한 분이 있어서 온 거라서요."

"그럼 식사를……."

"배가 불러서 그건 좀 힘들 것 같고, 그냥 엽차 한 잔만 내주세요."

일 층에는 손님을 맞는 탁자가 열대여섯 개 정도 있었지만, 개중에 사람들이 자리하고 있는 건 단 하나뿐이었다.

사내 셋이 있는 그 자리를 제외하고는 온통 파리만 날리고 있는 상황이었기에 주인장은 무척이나 아쉬운 듯 입맛을 다셨다.

그렇지만 이내 그자는 태연하게 말을 받았다.

"예, 알겠습니다요. 그럼 자리에 계시지요."

말을 마치고 객잔의 주인장은 곧바로 사라졌고, 백아린은 비어 있는 자리 중 하나에 가서 착석했다.

들어오는 순간 먼저 있던 사내들에게서부터 자신을 힐끔거리는 시선이 느껴졌지만, 이내 그 또한 잠잠해졌다.

그때 그 셋 중 한 사내가 갑자기 자리에서 벌떡 일어나더니 주방 쪽으로 다가갔다.

사내가 목청을 높이며 말했다.

"이보시오 주인장! 아까 시킨 술이 왜 아직도 안 나오는 거야?"

말과 함께 주방 쪽으로 몸을 들이밀었던 사내는, 이내 술병 하나를 들고 자신의 자리로 돌아갔다.

그가 자리에 앉으며 투덜거렸다.

"이러니까 손님이 없지, 쯧."

사내의 투덜거림이 잦아들 무렵.

주방에서 이곳의 주인장이 다시 모습을 드러냈다. 그가 엽차가 담긴 잔을 가지고 백아린에게 다가왔다.

뜨거운 김이 모락모락 올라오는 엽차를 탁자 위에 올린 주인장이 짧게 말했다.

"주문하신 엽차 나왔습니다."

"감사합……."

말을 채 듣기도 전에 주인 사내가 휙 몸을 돌려 주방으로 다시금 몸을 감췄다.

주인장이 순식간에 사라진 주방 쪽을 바라보던 백아린은 이내 그가 놓고 간 잔을 들어 올렸다. 그러고는 곧바로 따뜻한 엽차에 입을 가져다 댔다.

그렇게 막 한 모금을 머금어 삼키는 바로 그 순간 백아린의 눈동자가 꿈틀거렸다.

'……뭐지?'

엽차와 함께 목구멍을 타고 몸 안으로 천천히 퍼져 나가는 이 이질감.

독이었다.

*　*　*

엽차에 독이 든 걸 확인하는 순간 백아린의 표정은 복잡했다.

독에 당했기 때문이 아니었다.

'이걸 어쩌지.'

오히려 그 반대였다.

이미 순간적으로 밀려드는 독기를 날려 버린 상황.

백아린은 아직 입가에 대고 있는 엽차가 든 잔을 어째야 하나 손가락으로 어루만지고만 있었다.

몸 안으로 독이 파고드는 순간 이미 어떠한 종류의 것인지 파악한 그녀였다.

마비산의 일종으로, 어지간한 무인들에게는 곧바로 효과가 나타날 정도로 제법 강한 독성을 지녔다. 그렇지만 아쉽게도 상대가 좋지 못했다.

독에 대한 뛰어난 내성과 강인한 내공을 지닌 그녀에게 이 정도 독은 너무도 가볍게 날려 버릴 만한 것이었으니까.

다만 문제는 오히려 이 독에 억지로 당해 줘야 하는 건가 하는 고민이 들고 있다는 것이다.

상대가 누군지 모른다.

왜 자신이 마시는 엽차에 독을 탄 것인지도 모른다.

하지만 분명한 건 자신에게 어떠한 이유가 있어 이 같은 일을 벌였다는 것.

얼굴을 최대한 감추며 일을 진행했으니 정체가 드러났을

확률은 아주 미미한 상황. 하지만 그럼에도 만약 들통이 났고, 그래서 그들이 자신의 존재를 알고 움직인 거라면……
분명 이건 기회였다.

생각을 정리한 백아린은 의심을 받지 않도록 한 모금 더 엽차를 머금었다.

다시금 몸 안으로 퍼지는 마비산이 아주 조금씩 그 효능을 발휘하기 시작했다.

이 마비산은 곧바로 독성을 쏟아 내기보다는 천천히 몸을 잠식해 가는 부류의 것, 그랬기에 백아린은 모르는 척 엽차 한 잔을 모두 비워 냈다.

그 후, 그녀는 조금씩 표정을 찡그리기 시작했다. 그리고 괜스레 이상하다는 듯 고개를 갸웃거리며 연기를 펼쳤다.

그러던 백아린의 감각 안에 자신을 향한 시선이 느껴졌다.

자신보다 먼저 들어와 유일하게 자리를 차지하고 있던 한 무리. 사내 셋으로 구성된 그들이 슬쩍슬쩍 자신의 상태를 확인하고 있었다.

그들의 눈짓을 눈치채자 범인이 누군지는 굳이 고민할 이유도 없었다.

'독을 탄 건 저놈들인가?'

그제야 백아린은 방금 전 갑자기 왜 술을 안 가져다주냐는 핑계를 대며 주방으로 다가갔던 사내의 행적을 떠올렸다.

아마도 그때 이걸 직접 차에 섞었거나, 객잔 주인에게 그렇게 시킨 것이 분명했다.

범인은 찾아냈지만 진짜 중요한 자라면 이곳에 직접 모습을 드러내지 않았을 터.

'호랑이를 잡으려면…… 호랑이 굴에 들어가야 하는 법이지.'

생각과 함께 백아린의 손이 탁자 한편에 자리했다. 지금 자신에게 닥친 이 일에 대해 흔적을 남기기 위해서였다.

그녀는 손가락 끝에 조금의 내력을 담아 탁자 한편에 알아보기 힘든 무늬를 남겼다.

자신이 실종된다면 적화신루는 그녀의 흔적을 찾을 것이다. 그리고 그때가 된다면 뭐라도 단서가 될 수 있도록 이곳 객잔에 자그마한 흔적 하나를 남겼다.

적화신루라면 자신이 이 객잔에 왔었다는 사실을 어렵지 않게 알아낼 테니까.

손가락으로 흔적을 내는 것까지 끝마친 백아린은 괜스레 어지러운 척 자리에서 일어나는 시늉을 했다. 잠시 비틀거리던 그녀는 그대로 바닥에 쓰러졌다.

쿵.

그녀가 바닥에 쓰러지는 것과 동시에 탁자에 앉아 있던 사내 세 명이 급히 일어나 백아린 쪽으로 움직였다.

그중 한 사내가 먼저 입을 열었다.
"어떻게 됐어?"
"당연히 완벽하지. 얼마나 힘들게 구한 물건인데."
슬쩍 백아린의 상태를 확인하던 자가 씩 웃으며 말을 받았다. 그러자 옆에 서 있던 나머지 한 명이 다급히 입을 열었다.
"확인됐으면 빨리들 움직이자고."
그의 말에 고개를 끄덕인 그들은 일사불란하게 움직이기 시작했다.
한 사내가 곧바로 백아린을 둘러업었고, 나머지 둘은 바깥으로 뛰어나갔다.
그사이에 백아린을 업은 자가 구석에 서 있는 객잔 주인을 향해 말했다.
"오래 살고 싶으면 그 입 조심하는 게 좋을 거야. 무슨 말인지 알지?"
"그, 그럼요."
객잔 주인이 더듬거리며 대답했다.
사내가 경고를 하는 그사이 바깥에서는 자그마한 소리가 들려왔다. 그리고 이내 객잔 문이 열렸다.
"어이!"
바깥에서 자신을 부르는 소리에 그는 백아린을 업은 채 곧바로 걸음을 옮겼다.

객잔의 입구 바로 앞에는 커다란 마차 한 대가 서 있었다.

주변의 시선을 완벽히 차단하는 곳에 위치한 마차의 문은 열려져 있었고, 백아린을 업은 사내는 곧바로 안으로 올라탔다.

그리고 바깥에서 주변을 둘러보던 다른 이 또한 급히 몸을 실었다.

두 사내는 이내 마무리가 됐다는 신호를 주려는 듯 가볍게 마차 옆면을 두드렸다.

그러자 마부석에 자리하고 있던 나머지 한 사내가 말고삐를 움켜잡으며 소리쳤다.

"이랴!"

정말 눈 몇 번 깜빡할 정도로 짧은 시간 안에 벌어진 납치였다.

마차의 한편에 내려놓은 백아린을 힐끔 쳐다보며 사내 하나가 짧은 감탄을 터트렸다.

"크으, 진짜 예쁘네."

"혹시나 해서 하는 말인데 사고 치지 마라."

"뭔 소리야. 그냥 감탄한 것뿐인데."

"아까부터 확 눈이 뒤집혀 가지고 정신을 못 차리던데?"

"인마, 이런 여자를 보고 그 정도 관심이 가는 거야 당연한 거고. 오히려 덤덤한 네가 문제 아니냐?"

시끄럽게 떠드는 두 사람은 알지 못했다.

눈을 감고 있는 백아린이 둘의 대화를 모두 듣고 있다는 사실을.

마차 한구석에 쭈그리고 있는 바람에 그녀는 자세가 무척이나 불편했다. 그나마 다행이라면 무림맹에서 움직이다가 나왔기에 대검이 아닌 일반 검을 들고 있었다는 거다.

아마 이 자세에서 대검까지 가지고 있었다면 지금보다 몇 곱절은 불편했을 터.

그나마 그게 다행이라 위안 삼고 있었다.

덜컹덜컹.

마차의 바닥 부분에 쓰러져 있었기에 마차가 덜컹거릴 때마다 백아린의 머리가 연신 바닥에 쿵쿵 부닥쳤다.

마음 같아서야 눈을 뜨고 일어나 단숨에 두 놈을 때려눕히고 편안하게 앉아서 가고 싶었지만…….

백아린은 꾹 참으며 마차에 몸을 맡겼다.

최악의 경우 몇 날 며칠을 이렇게 불편하게 달릴 것까지 각오했던 그녀였는데, 그 예상은 빗나갔다.

고작 한 시진 정도나 됐을까?

열심히 달리던 마차가 점점 속도를 줄이더니, 이내 멈추어 선 것이다.

밤이 늦어 잠을 청하려고 한다기에는 아직 저녁 식사를 할 시간조차 되지 않았다.

그런 상황에서 갑자기 멈추어 섰으니 백아린은 의아할 수밖에 없었다.

모든 감각을 끌어모았지만, 바깥에서는 딱히 다른 누군가의 움직임이 느껴지지 않았다.

그리고 이내 마차의 문이 열렸다.

먼저 마차에서 내린 사내가 곧바로 백아린을 자신의 등에 업었다. 그렇게 어딘가로 이동되어져 가는 그녀는 당황스러웠다.

'뭐야? 벌써 도착한 거야?'

한 시진이라면 기껏해야 성도 인근이라고 봐야 옳았다.

마차에서 내려졌을 때 인근에서 기척이 느껴지지 않았으니 마을은 아닐 테고, 문이 열리는 소리를 들었으니 허허벌판으로 끌고 가는 건 아니다.

아마 다소 동떨어진 곳에 위치한 자그마한 장원일 공산이 컸다.

그녀의 감각 안으로 수많은 장애물들이 들어왔고, 그걸 통해 얼추 내부의 구조를 파악해 냈다.

그 덕분에 백아린은 지금 이곳이 어딘가의 장원이라는 걸 확신할 수 있었다.

입구를 넘어서서 조금 더 이동되어져 가던 그녀가 마침내 이른 장소.

끼익, 끽.

낡은 문소리가 들렸고, 이내 퀴퀴한 냄새가 풍겨져 나왔다.

백아린을 등에 진 사내가 걸음을 옮길 때 뒤편에서 다른 자가 말했다.

"대충 던져두고 나와. 약속 시간까지 좀 남았으니 술이나 먹자고."

"오, 술 좋지!"

좋다는 듯 목소리를 높인 사내는 곧바로 백아린을 바닥에 툭 던졌다.

바닥에 내팽개쳐진 그녀의 주변으로 먼지가 훅 하고 일었다.

바닥에 떨어졌거늘 생각보다 충격은 크지 않았다.

푹신거리는 지푸라기들이 쌓여 있었던 덕분이다.

백아린을 던져 놓은 상대는 곧바로 바깥으로 걸어 나갔고, 이내 열렸던 문이 시끄러운 소리를 내며 닫혔다.

바로 그 순간.

죽은 듯 누워 있던 백아린이 번쩍 눈을 치켜떴다.

상반신을 일으켜 세운 그녀가 주변을 두리번거리기 시작했다.

창문 하나 없는 이곳은 깜깜했다.

허나 백아린은 금세 상황을 파악할 수 있었다. 이미 눈을 뜨기 전부터 예상했던 것처럼 이곳은 오랫동안 사용되지 않은 창고로 보였다.

쌓여 있는 지푸라기들은 오래돼서인지 만지는 것만으로도 쉽사리 부서졌고, 주변에 대충 놓여 있는 잡동사니들에는 먼지가 가득했다.

자리에 앉은 그녀가 턱을 괸 채로 고민에 잠겼다.

'이게 뭐지, 대체?'

애초부터 마비산을 먹이는 걸 보며 납치는 예상하지 않았던가.

그렇지만 그 이후의 많은 것들이 예상을 벗어났다.

우선적으로 이렇게 가까운 곳에 올지 몰랐다. 게다가 자신을 이토록 간단하게 창고에 던져두고 감시조차 붙이지 않을 거라고도 생각지 못했다.

자신이 찾고 있는 그들은 무림맹의 부관주를 아무런 증거도 남지 않게 죽일 정도로 위험하고 치밀한 자들이다.

그런데 지금 이 모든 것들은 그런 그들의 수법이라고 보기엔 너무도 단순했고, 또 모자랐다.

마비산 하나만을 먹여 두고 언제든 도망칠 수 있는 이런 곳에 두면서, 감시하는 자 하나 없이 술이나 먹으러 가는 이들이 과연 자신이 찾고 있는 그들일까?

백아린은 고개를 저었다.

자신이 적화신루의 총관이라는 것만 알아도 이 정도로 수준 낮은 계략은 짜지 않았을 터.

이들의 모든 행동이 무림맹에 갓 들어온 가짜 신분의 자신에게 맞춰져 있는 것 같다는 생각이 들었다.

돌아가는 이 모든 상황들이 이해가 가지 않았지만…… 백아린은 이내 자신을 납치한 이들이 주고받았던 대화를 떠올렸다.

약속 시간까지 좀 남았다는 말.

그 말은 곧 뭔가가 있을 거라는 소리였다.

그리고 최소한 자신을 건드렸으니, 그 이유는 알아야 했다.

그것이 어떠한 일과 연관이 있는지를 알기 위해서라도.

약 반 시진 정도를 가만히 누워만 있던 그녀는 이내 지루했는지 다시금 상체를 일으켜 세웠다.

백아린이 소매를 가볍게 두드리자 기다렸다는 듯 안에서 치치가 빠져나왔다.

바닥에 내려선 치치가 그녀를 올려다봤다.

검지로 가볍게 치치의 머리를 어루만져 주던 백아린의 시선이 자신이 끌려 들어온 창고의 입구로 향했다.

어떻게 해야 하나 고민이 들었다.

그대로 이곳에서 일이 벌어지기를 기다리고 있을지, 아니면 먼저 이쪽에서 움직일지를.

잠깐 고민했지만, 답은 금방 나왔다.

백아린이 소매를 벌리자 나와 있던 치치가 쪼르르 안으로 사라졌다.

치치를 소매 안으로 넣은 그녀가 천천히 자리에서 일어났다.

툭툭.

가볍게 옷에 묻은 먼지를 털어 낸 백아린이 슬쩍 위쪽을 올려다봤다.

천장은 제법 높았지만…….

그녀가 나지막이 중얼거렸다.

"아무래도 가만히는 못 있겠네."

말과 함께 그녀의 손바닥이 하늘을 향해 움직였다.

부웅!

백아린의 손에서 뿜어져 나간 장력이 순식간에 지붕의 한 부분을 가루로 만들어 버렸다.

소리도 없이 지붕의 일부분을 날려 버린 그녀는 곧 주변에 널브러져 있는 커다란 나무판자 하나를 챙겼다.

판자가 쉽게 빠져나갈 수 있도록 세로로 세워 든 백아린은 곧바로 가볍게 땅을 밟으며 허공으로 도약했다.

파악!

새처럼 날아오른 그녀가 지붕 위로 간단하게 착지했다.

백아린은 들고 있던 판자를 구멍 위에 올려 뒀다. 혹시나 상황이 달라지면 창고 내부로 돌아가 마비산에 중독된 연기를 해야 할 수도 있어서다.

지붕 위에서 몸을 낮춘 채로 그녀는 주변을 둘러봤다.

장원의 크기는 크지 않았기에 내부에 건물이라고 해 봤자 창고를 제외하면 두 개가 전부였다. 그리고 그중에서 빛이 흘러나오는 곳은 하나.

아마도 저곳에서 자신을 납치한 사내들이 술판을 벌이고 있을 것이다.

목적지를 확인한 백아린이 가볍게 몸을 날려 바닥에 착지했다.

그녀의 시선이 불빛이 흘러나오는 건물로 향했다.

'자 그럼 움직여 볼까.'

생각과 함께 백아린이 성큼성큼 건물을 향해 걸음을 옮겼다.

납치를 당해 이곳에 온 인물이라고는 생각조차 할 수 없는 모습이었다.

근방에 도달하자 안에 사람이 있다는 걸 모를 수가 없을 정도로 시끄러운 소리가 흘러나왔다.

백아린은 곧바로 벽에 기댄 채로 창을 통해 내부의 모습을 살폈다.

반 시진 조금 더 지난 상황이지만 이미 이들은 거나하게 술을 마신 듯해 보였다.

커다란 술 항아리가 몇 개는 나뒹굴고 있었고, 안주가 담겼을 접시 또한 상당수가 이미 빈 채로 자리하고 있었다.

딱히 뭔가 의심스러운 건 보이지 않았기에 백아린은 그들의 이야기에 귀를 기울였다.

계속해서 쉼 없이 쏟아져 나오는 이야기들.

그렇지만 그 대부분이 의미 없는 것들로 가득했다. 과거 자신의 무용담이나 여자 이야기만 떠들어 댔으니까.

시끄러운 소리를 억지로 참으며 듣던 중, 결국 백아린이 귀를 쫑긋 세울 만한 이야기가 흘러나오기 시작했다.

"그나저나 이번 일 처음 맡았을 땐 말도 안 되는 금액을 부르기에 의뢰를 한 작자가 미친놈인 줄 알았는데 말이야, 직접 보니까 그 가격도 이해가 되네?"

"킥킥, 그러게. 저렇게 곱상한 여자면 그 돈이 안 아깝지."

그들의 입에 오르내리는 것이 자신이라는 걸 눈치챈 백아린은 좀 더 그들의 이야기에 집중했다.

금액과 가격이라는 말에 그녀는 자신을 납치하는 대가로 저들이 돈을 받는다는 사실을 알아낼 수 있었다.

백아린은 표정을 찡그렸다.

'예상대로 내가 찾는 놈들이 아닌가 보네.'

적어도 그들이라면 돈을 받고 자신을 납치하지는 않았을 터.

그녀가 예상했던 것과는 달리 자신이 또 다른 어떠한 귀찮은 일에 연루가 된 모양이다.

저들이 돈 때문에 자신을 납치했다는 걸 알았지만 그럼에도 불구하고 의구심이 들었다.

찾고 있는 그들이 아니라면 자신을 납치할 이유가 있는 자는 아무리 생각해 봐도 떠오르지 않아서다.

그때 안에서 떠들어 대던 사내 중 하나가 눈을 빛내며 입을 열었다.

"야 그런데 그놈한테 안 넘기고 저 여자를 우리가 직접 다른 데다 팔면 돈을 더 받지 않겠냐?"

"아서라. 의뢰한 놈도 보통 놈은 아니었어. 괜히 긁어 부스럼 만들지 말고 안전하게 가자. 납치해 온 여자도 무인이라 잘못하면 시끄러운 일이 벌어질 수도 있고 말이야."

"칫, 아깝네."

아쉽다는 듯 중얼거리는 그들의 목소리를 듣고 있던 그 와중에 백아린은 이쪽으로 다가오는 인기척을 감지해 냈다.

혹시나 창 쪽으로 다가오면 지붕 위로 몸을 감추려 했지만, 다행히도 그 인기척의 주인은 정문을 통해 방 쪽으로 향하고 있었다.

그리고 방 안에서 이번 일에 대해 떠들던 사내들 또한 곧 그 기척을 알아차린 모양이다.

"쉿."

한 사내가 손가락으로 조용히 하라는 신호를 보냈고, 이내 그들은 방금 전까지 뒤통수치고 싶다며 나누던 대화의 화제를 돌렸다.

시답지 않은 이야기들을 쏟아 내는 그때 문이 열리며 방 안으로 누군가가 걸어 들어왔다.

상대가 나타나자 방 안에 있던 이들이 자리에서 일어나는 소리가 들렸다.

"오셨소?"

친근한 목소리.

벽에 기댄 채로 이야기만 듣고 있던 백아린은 직감할 수 있었다.

지금 나타난 자가 자신을 납치하게 만든 이 정체 모를 의뢰의 당사자라는 걸.

그때 여태까지 듣지 못했던 목소리가 흘러나왔다.

"어이, 그 여자는?"

들려온 목소리는 분명 세 사내의 목소리는 아니었다. 그런데 그 목소리를 듣는 순간 백아린은 미묘한 표정을 지어 보였다.

'이 목소리. 들은 적이 있는데…….'

귀에 익은 목소리라는 걸 깨달은 백아린이 조심스레 창을 통해 내부의 모습을 살폈다.

그리고 막 문을 통해 방 안에 나타난 사내의 모습을 확인하는 순간 그녀의 눈동자가 커졌다.

상대는 예상대로 낯이 익은 자였다.

최고의 후기지수들이 모여 있다는 잠룡대의 이름을 연신 떠들어 대며 무림맹 내에서 툭하면 자신에게 치근덕거렸던 사내.

'……사공량?'

그가 그곳에 있었다.

*　　*　　*

사공량의 모습을 확인한 백아린은 순간 말문이 막혔다.

한동안 몰래 쫓아다니며 귀찮게 하는 건 그나마 애교로 봐 줄 수 있었다.

하지만 이건 아니었다.

그때 사공량의 질문에 사내 중 하나가 답했다.

"안에서 잘 자고 있으니 걱정 마시오."

"그 여자한테 손댄 건 아니지?"

"걱정 마시오. 우린 물건은 깨끗하게 전달하자는 주의라."

씩 웃으며 답하는 사내를 향해 사공량은 어서 가 보자는 듯 손짓했다. 그러자 그자가 손을 내밀며 말했다.

"물건을 확인하기 전에 돈부터 주셔야지."

"……."

사내의 말에 사공량은 품에서 전낭 주머니 하나를 꺼내 그에게 툭 던졌다.

날아드는 전낭을 받아 든 사내가 안의 금액을 확인했다.

"정확하군. 좋소, 창고에 던져 놨으니 알아서 데리고 가시오."

돈도 받았겠다, 굳이 아무것도 없는 이곳에서 더 술자리를 이어 갈 필요는 없다고 판단했는지 세 사람은 시선을 주고받고는 이내 옆에 놔둔 짐을 챙기려고 했다.

그때 사공량이 서둘러 말을 걸었다.

"잠시만. 하나 더 부탁을 하고 싶은 게 있는데."

말과 함께 사공량이 꺼내어 든 또 하나의 전낭.

전낭은 겉에서만 보아도 알 수 있을 정도로 묵직해 보였다.

적지 않은 금액이 들어 있다는 걸 안 세 사내의 눈동자가 탐욕으로 번들거렸다.

그중 하나가 입맛을 다시며 물었다.

"부탁이 뭐요?"

"아무래도 그냥 이대로 구해 가는 것은 확 잡아당길 뭔가로 좀 약한 것 같아서. 그쪽들이 나한테 당하는 시늉을 좀 해 줬으면 하는데?"

"젠장, 우리 보고 칼이라도 맞으라는 소리요?"

아무리 돈이 좋아도 칼까지 맞아 줄 생각은 없었기에 사내는 질색을 하며 답했다.

그런 그를 향해 사공량이 고개를 저었다.

"그럴 리가. 마비산에서 천천히 풀리는 과정에 싸움을 벌이면 되니, 아마도 정신이 없는 상황일 거야. 그러면 대충만 합을 맞춰도 눈속임 정도는 충분하지. 몇 대 맞는 시늉을 하고 그대로 나자빠지면 돼. 왜? 어렵겠어?"

칼에 맞을 생각은 없었지만, 주먹질 몇 방 맞고 저 정도의 금액이라면 이건 충분히 남는 장사였다.

세 사내는 눈빛만으로 대충 의견을 나누고는 이내 고개를 끄덕였다.

"……가능할 것 같긴 하오."

"좋아. 그럼 그렇게 부탁하지. 전낭은 끝나는 대로 쓰러진 너희들 쪽에 던져두고 갈 테니 알아서 챙기고."

"아, 그런데 극적인 효과를 내려면 이건 어떻소?"

세 사내 중 하나가 갑자기 뭔가 생각난 듯 말했다.

관심 있다는 듯 사공량이 바라보는 그때, 말을 꺼냈던 그가 자신의 생각을 밝혔다.

"멀쩡하게 나타나는 것보다는 다쳐서 등장하는 게 더 멋지지 않겠소? 구해 주기 위해 부상을 무릅쓰며 달려온 사내라. 크으, 끝내줄 거 같은데?"

"……그거 나쁘지 않군."

엉망이 돼서도 그녀를 구하러 나타나는 자신의 모습을 상상하던 사공량은 마음에 들었는지 씩 웃었다.

아무래도 부상이 있으면 더욱더 자신에게 미안한 마음이 들 것이고, 또 그런 와중에도 구해 냈다는 사실이 사내다워 보일 거라는 생각이 들었다.

사공량이 거침없이 자신의 옷을 일부 찢기 시작했다.

찍찌익!

마치 칼에 베인 것처럼 몇 군데를 뜯어낸 사공량이 손을 내밀었다.

"어이, 단도라도 하나 있으면 빌려주지?"

휙.

사공량의 행동을 보고 있던 사내 하나가 품에 있는 단도를 꺼내 그에게 던졌다.

단도를 주워 든 사공량의 손이 거침없이 움직였다.

스윽 슥.

찢긴 옷 안쪽으로 단도를 밀어 넣은 사공량은 입술을 꽉 깨물고는 직접 자신의 몸에 상처를 내기 시작했다.

그리 깊지는 않고, 적당한 출혈이 있을 정도긴 했지만 스스로 자신의 몸에 상처를 내는 사공량의 모습은 확실히 기괴해 보였다.

그 모습을 보고 있던 세 사내들 또한 경악을 금치 못했다.

손바닥에 상처 하나 정도 내고 대충 옷에 문질러 대는 수준을 생각했는데, 그 이상의 행동을 보여 줬기 때문이다.

'……지독한 새낀데 이거.'

몸에 상처 내는 걸 끝낸 사공량은 곧바로 머리를 헝클어트렸다. 거친 싸움을 한 것처럼 준비를 끝낸 그는 이내 자신의 상태를 확인하고는 만족스럽다는 듯 중얼거렸다.

"좋아, 이 정도면 됐고. 나가서 흙이나 좀 문대고 시작하면 되겠군. 아 참, 마비산의 해독약은?"

"여기 있소."

떨떠름한 표정을 지으며 한 사내가 건넨 해독약을 받아 든 사공량은 그걸 곧바로 품 안에 넣었다. 그러고는 곧바로 서두르자는 듯 말했다.

“자자, 피 마르기 전에 시작하자고.”

말을 끝낸 사공량은 사내 셋과 함께 방 바깥으로 움직였다.

그리고 그런 그들의 모습을 백아린은 말없이 지켜보기만 하고 있었다.

건물 밖에 숨어 대화 내용을 모두 들은 백아린은 이 모든 정황들을 정확히 파악할 수 있었다.

몇 번이고 자신에게 거절당한 사공량이 돈을 써서 납치를 지시했고, 마치 위험을 무릅쓰고 구해 낸 것처럼 행동하며 생명의 은인인 척 관계를 만들어 나가려 했던 것이다.

이런 더러운 수로 말이다.

바깥으로 나온 사공량이 흙을 옷에 묻히기 위해 바닥에 누워 굴러 대는 모양새를 보고 있자니 헛웃음이 흘러나올 뻔했다.

‘가관이구나, 정말.’

백아린은 그들이 움직이기 전에 미리 몸을 돌렸다. 그들이 짠 계획을 들었으니, 어떤 식으로 움직일지는 이미 머리에 모두 그려졌다.

곧바로 자신이 갇혔던 창고로 돌아간 그녀는 자신이 부쉈던 천장을 통해 안으로 들어갔다.

허공에서 뛰어내리는 와중에도 최대한 천장에 난 구멍을

나무판자가 막고 있을 수 있도록 손을 써 뒀다.

그렇게 바닥에 착지한 백아린은 자신이 있었던 지푸라기 위쪽에 누웠다.

예상대로 곧 소란이 일기 시작했다.

“비켜라, 이놈!”

캉캉!

사공량의 외침 이후 쇠끼리 충돌하는 소리가 귓가를 때렸다.

뒤이어 고함과 비명이 뒤엉킨 소리들이 연신 들려왔다.

눈을 감은 채로 그 소리를 듣고만 있는 백아린은 절로 실소가 흘러나왔다.

그리고 이내 닫혀 있던 창고의 문이 열렸다.

덜컹!

큰 소리가 나게 문을 열어젖힌 사공량이 안으로 달려오고 있었다. 아까 미리 만들어 둔 것처럼 엉망의 행색을 한 그가 백아린의 옆에 와서 서둘러 그녀를 부축했다.

“백 소저, 괜찮으십니까? 백 소저!”

고함을 질러 대던 사공량은 납치를 한 이들에게서 미리 받았던 해독약을 꺼내 백아린의 입에 가져다 댔다.

애초부터 독에 중독당하지도 않았던 그녀였지만, 억지로 먹는 척 시늉을 해 보였다. 그리고 이내 힘겹게 눈을 뜨며 나지막이 중얼거렸다.

"여, 여긴……."

"정신이 드십니까? 백 소저가 수상한 괴한들에게 납치를 당하는 걸 알고 구하러 왔습니다. 어서 여기서 나가셔야…… 크윽!"

말을 하던 그가 갑자기 자신이 직접 상처를 낸 어깨 부분을 움켜잡으며 고통스러운 신음 소리를 토해 냈다.

그리고 그것이 신호였는지 신음 소리가 터져 나오기 무섭게 세 사내가 모습을 드러냈다.

그중 한 사내가 소리쳤다.

"이놈, 네놈이 단단히 미쳤구나! 감히 이곳이 어딘 줄 알고! 용기는 가상하다만 결코 살아서 나가지 못할 것이다!"

고함과 함께 살기를 쏟아 내는 사내.

그 와중에 사공량은 서둘러 백아린의 앞을 막아서며 천천히 몸을 일으켜 세웠다. 그러고는 힐끔 뒤를 바라보며 걱정 말라는 듯 말했다.

"제 뒤에 있으십시오, 소저. 제가 목숨을 걸고서라도 그대를 지켜 줄 테니."

앞을 가로막으며 비장한 척 말하는 사공량의 뒷모습을 바라보던 백아린이 도저히 못 참겠는지 한숨을 내쉬었다.

"……하아."

이 같은 상황에서 갑작스레 들려온 한숨 소리.

사공량이 자신의 귀를 의심하며 뒤로 고개를 돌렸을 때였다.

상체만 일으켜 세운 백아린이 웃으며 말했다.

"재미있는 연극 잘 봤어요."

"……연극이라니요?"

되묻는 사공량을 향해 앉은 채 손가락으로 데굴데굴 구르는 사람의 흉내를 내며 백아린이 답했다.

"스스로 몸에 상처도 내고 땅바닥을 막 구르고 재밌던데요."

그 순간 사공량을 올려다보던 그녀의 말투가 순식간에 돌변했다.

"그러니까 이제 그 연기 집어치우지. 영웅인 척하는 모양새에 구역질이 치미니까."

백아린이 다시 돌아와 원래의 자리에 누워 있었던 이유는 하나였다.

단순히 말로만 해선 들어 먹지 않을 거라는 걸 알았으니까.

이런 놈들을 다루는 법은 한 가지뿐이다. 그리고 백아린은 그런 쪽에 꽤나 능통해 있었다.

"……."

갑작스러운 백아린의 말에 사공량의 표정이 말로 형용하기 어려울 정도로 일그러졌다.

대체 어떻게 그 모든 걸 알고 있었던 것인가?

자신의 계략이라는 걸 눈치챈 걸로 모자라 스스로 상처를 내고, 땅바닥을 굴렀다는 사실도 알고 있다. 그건 곧 그 모든 걸 직접 눈으로 봤다는 소리다.

'이런 망할.'

이건 핑계를 댈 만한 것도, 빠져나갈 구멍도 없었다.

이제는 이 백아린이라는 여인을 가지고 말고의 문제가 아니다.

자신이 이런 일을 벌였다는 사실이 소문이라도 난다면 지금까지 이룬 모든 것들이 무너진다. 무림맹에서 쫓겨나는 건 당연했고, 가문에서조차 버림받아도 이상할 게 없다.

그건 곧 누구보다 빛나길 바랐던 자신이 오히려 모든 걸 잃고 나락으로 떨어진다는 뜻이었다.

'……그럴 순 없다. 내가 이곳까지 어떻게 올라왔는데!'

결론은 하나였다.

이야기가 밖으로 새어 나가기 전에 이 여인을 죽여야 한다.

그리고 다행히도 지금 이곳엔 그녀를 제외하면 자신과 자신이 고용한 이들뿐이었다.

그건 곧 기회라는 의미였다.

생각이 거기까지 미치는 순간 사공량은 망설이지 않았다.

그는 곧바로 들고 있던 검을 자리에 앉아 있는 백아린에게 찔러 넣었다.

검이 정확하게 그녀의 미간에 닿으려던 찰나.

챙!

옆에서 움직인 백아린의 손바닥이 검날을 쳐 냈고, 동시에 반대편 손이 앞에 있는 사공량을 향해 움직였다.

파앙!

쏟아져 나온 장력에 적중당한 그의 몸이 뒤편으로 밀려 나갔다.

순식간에 상대를 밀어낸 백아린이 몸을 일으켜 세웠다.

얼결에 뒤로 밀려 나간 사공량은 당혹스러운 표정이었다.

비슷한 연배이긴 해도 자신은 잠룡대 소속의 무인. 당연히 백아린이 이 일격을 받아 낼 수 있을 거라 생각하지 않았다.

놀란 사공량의 모습에 아랑곳하지 않은 백아린이 주변을 두리번거리기 시작했다.

무기를 찾는 것이었다.

지금 그녀의 허리춤에는 검 한 자루가 달려 있었다. 하지만 이건 무림맹 무인의 신분으로 활동할 때 차고 다니는 검으로, 튀지 않기 위해 최대한 밋밋한 종류의 것으로 챙겨 들고 다니는 중이었다.

그 검이 마음에 들지 않았기에 백아린은 다른 뭔가를 찾고자 하는 것이었다.

그렇게 주변을 둘러보던 그녀의 눈에 이내 뭔가가 들어왔다.

나룻배를 몰 때 사용하는 걸로 보이는 기다란 노 몇 개가 한쪽에 쌓여 있었다.

백아린은 서슴없이 노 하나를 들어 올렸다.

부웅, 붕.

가볍게 흔들어 본 그녀는 노의 널찍한 면적이 마음에 들었다.

백아린이 중얼거렸다.

"두들겨 패 주기 딱 좋네."

놀란 감정을 서둘러 추스른 사공량이 입을 열었다.

"생각보다 실력이 있군. 인정하지."

"인정은 무슨. 네가 날 인정하고 말고 할 그런 수준은 아니잖아?"

받아치는 백아린의 말에 사공량은 애써 침착하게 말했다.

"멍청하긴, 차라리 알았어도 모르는 척하고 나갔다면 살수는 있었을 터인데."

"멍청한 건 너지. 이왕 이렇게 된 거 그냥 다 박살 내면 될 걸 뭘 그리 어렵게 해? 이곳에 증인들도 다 있겠다, 뒤처리도 뭐 그리 어렵지 않을 거 같은데."

증인들이라는 말을 하며 백아린의 시선이 사공량의 뒤편에 서 있는 셋에게로 향했다.

그들 또한 갑자기 벌어진 이 상황에 어찌할 줄 몰라 하고 있었다.

그 순간 사공량이 소리쳤다.

"뭣들 해! 일이 틀어지면 우리 다 죽는 거 모르겠어?"

그의 말을 듣고서야 세 사내는 어떤 행동을 해야 할지 확실히 정할 수 있었다. 사공량의 말대로다.

일이 이렇게 된 이상 그를 도와 이 상황을 마무리해야만 했다.

마음을 정하자 여유가 찾아왔는지, 사내 중 하나가 투덜거리듯 말했다.

"썩을. 무보수로 일하는 건 적성에 안 맞는데."

자신이 납치해 온 상대가 어떻게 모든 상황을 알고 있는지는 의문이었지만, 그래 봤자 젊은 여인일 뿐이다.

자신들 셋과 지금 앞에 있는 사공량이면 제압하는 것에 아무런 문제가 없다 여겼다.

애초에 진다는 건 이들의 머릿속에 없었다.

그저 돈을 받지 않고 사람을 죽인다는 것이 탐탁지 않을 뿐이었다.

사내 중 하나가 성큼 다가서며 손짓했다.

"아가야, 얌전히 굴면 아프지 않게 보내 줄게. 그러니 그만 까불고 말이야. 아 참, 죽기 전에 재미는 좀 볼 수도 있어. 그냥 보내기엔 좀 아깝잖아?"

키득거리며 다가오는 상대.

둘의 거리가 약 이 장 이내로 좁혀지는 바로 그 순간.

백아린의 손이 움직였다.

짜악! 짝!

번개처럼 움직인 그녀는 노의 널찍한 면으로 상대의 양쪽 볼을 재빠르게 후려쳤다.

순식간에 이가 깨지며 쏟아져 나왔고, 양 볼은 홍시처럼 붉게 물들었다.

공격은 거기서 끝이 아니었다.

양쪽 얼굴을 후려쳤던 노가 어느덧 위로 치솟았다가 떨어졌다.

빠아아악!

산산조각이 난 노의 조각들이 주변으로 튀어져 나갔다. 그 일격에 머리통을 정확하게 맞은 상대는 이미 인사불성이었다.

철퍼덕.

안면을 그대로 바닥에 처박은 채로 부르르 떨던 사내는 이내 완전히 혼절해 버렸다.

아무렇지 않게 한 명을 보낸 백아린이 손잡이만 남은 노를 휙 집어던졌다. 그러고는 곧바로 새로운 노 하나를 들어 올렸다.

그녀가 까닥거렸다.

“다음 놈 들어와.”

“이년이!”

동료가 당한 모습을 굳어서 바라보던 사내 중 하나가 버럭 소리를 내지르며 몸을 날렸다. 그리고 그런 그를 돕겠다는 듯 나머지 한 명 또한 반대편으로 움직였다.

둘은 양쪽 방향에서 백아린을 향해 치고 들어왔다.

딴에는 양쪽에서 합공을 할 생각이었겠지만…….

부웅!

백아린은 날아드는 검을 몸을 숙여 피하는 것과 동시에 노를 깊게 찔러 넣었다.

퍽!

그러면서 손을 가운데 부분으로 옮기며 반대편 손잡이 부분으로 다른 한 명의 명치를 후려쳤다.

"켁!"

명치에 정확하게 적중당하자 숨을 쉬기 어려웠는지 그자가 거칠게 숨을 들이켰다.

그리고 그 순간 백아린의 손에 들린 노가 폭풍처럼 날아들었다.

빠걱!

노가 정확하게 그의 목 부분을 후려쳤고, 그는 순간적으로 낫 모양이 되며 바닥으로 나뒹굴었다.

"끄르르륵."

눈을 까뒤집고 게거품을 문 그가 알아듣기 어려운 신음 소리를 흘려 댔다.

목을 후려치며 노는 반으로 부러져 있었다.

백아린은 떨어져 있는 그 반쪽도 집어 들었다.

그러고는 이내 먼저 일격을 당했던 상대에게 다가갔다.

고통스럽게 주춤거리던 그자는 백아린이 다가오자 화들짝 놀라 손사래 쳤다.

"오, 오지 마! 더 다가오면……."

그 순간 백아린의 양손이 움직였다.

위와 아래로 동시에 날아든 반쪽짜리 노들이 순식간에 그의 턱과 머리통을 치며 박살이 나서 나뒹굴었다.

떨어지는 나무 파편들과 함께 그 일격을 당한 사내 또한 마치 실 끊어진 인형처럼 픽 하고 옆으로 쓰러졌다.

백아린은 옷에 묻은 나무 파편들을 가볍게 털어 내며 옆에 있는 노 하나를 더 들어 올렸다.

노를 들어 올린 그녀의 시선이 향한 곳.

그곳에는 말도 안 되는 백아린의 모습을 직접 눈으로 보고 새하얗게 질린 사공량이 자리하고 있었다.

그녀가 안타깝다는 듯 입을 열었다.

“허어. 세 개나 더 남았네.”

세 명을 제압하는 데 두 개를 사용했고, 손에 든 이걸 제외하고도 아직 남아 있는 세 개의 노.

백아린이 노를 고쳐 잡으며 말을 이었다.

“어쩌지? 난 오늘 이 노를 하나도 남김없이 다 쓸 생각이거든.”

4장. 혈전 —
기다리고 있었어

덜컹덜컹.

수상한 소리와 함께 찾아든 인기척에 천무진이 자리에서 일어났다.

백아린일 거라 예상한 그가 문을 열며 바깥으로 걸어 나왔다.

"할 일도 있는데 왜 이렇게 늦……."

말을 내뱉던 천무진의 입이 눈앞에 펼쳐진 장면을 보는 순간 서서히 닫혔다.

그곳엔 예상대로 백아린이 있었다.

다만…….

"어? 아직 안 잤어요?"

웃으며 대꾸하는 그녀였지만 천무진의 시선은 다른 곳으로 향해 있었다.

바로 백아린이 손으로 밀고 들어오는 커다란 수레였다.

그리고 무거운 짐을 옮길 때나 사용하는 그 큰 수레 위에는 물건이 아닌 사람들이 널브러져 있었다.

그것도 넷씩이나.

천무진이 혈도를 점혈 당해 아예 정신을 잃고 있는 그 네 명의 사내들을 가리키며 물었다.

"거기 실려 있는 그놈들은 뭐야?"

"아, 좀 문제가 생겼거든요. 어디 놔둘 데가 없어서 우선 끌고 왔는데, 빈 창고 하나 써도 되죠?"

"여기가 무슨 사람 가둬 두는 곳인 줄 알아?"

단엽이 잡아 온 양휴에 이어 또 다른 이들까지 생겨나자 천무진은 절로 골치가 아픈 표정이었다. 그런 그를 향해 백아린이 걱정 말라는 듯 말했다.

"양휴처럼 오래 놔두지는 않을 거예요. 며칠이면 되니 그때까지만 가둬 둘게요."

"대체 이 밤에 무슨 일인데?"

"중요한 놈들은 아니에요. 자세한 이야기는 우선 가둬 놓고 나서 드리도록 할게요. 그럼 이놈들은 어디에다가 가둬 둘까요? 혈도를 풀어 줄 생각이 없어서 여기 있는 내내 아예 일어나지도 못할 거예요."

"저쪽에 있는 창고 중 아무거나 쓰도록 해."

천무진은 한쪽을 가리키며 말했다.

혹시나 해서 물었지만 중요한 이들이 아니라는 말에 천무진의 관심은 급속도로 식어 버렸다.

가둬 두는 걸 허락받은 백아린은 곧바로 수레를 밀며 그쪽으로 움직였고, 이내 창고 안에 네 명의 사내들을 대충 처박아 두고는 곧바로 천무진에게로 다가왔다.

그녀가 어깨를 풀며 중얼거렸다.

"어휴, 뻐근해 죽겠네."

근처 기둥에 기대선 채로 백아린을 기다리고 있던 천무진이 그들이 갇힌 창고 쪽을 향해 고갯짓을 하며 물었다.

"상태가 안 좋던데?"

수레에 실려 있던 네 명의 사내 모두 얼굴이 퉁퉁 부어 알아보기 힘들 정도였다.

숨들은 확실하게 붙어 있었지만 얼마나 얻어맞았는지는 안 봐도 뻔했다.

천무진의 질문에 백아린이 덤덤하게 답했다.

"제 대검이 없어서 망정이었지, 있었으면 저 정도로 안 끝났을걸요."

"역시 직접 한 짓이군. 주먹으로 패기라도 한 거야?"

한눈에 봤을 때도 무기에 찔리거나 베인 상처는 보이지 않았다. 퉁퉁 부어 버린 걸 보아하니 마치 쇠망치로 얻어맞기라도 한 것 같았다.

"주먹질은 단엽이 좋아하는 거고 전 박투술은 그리 애용을 안 하거든요. 옆에 있던 노로 좀 두드려 패 줬죠."

"……노?"

"어휴, 좀 더 패 줬어야 했는데 있는 것들이 몇 개 없어서 다 부러질 때까지만 손봐 준 게 못내 아쉽네."

아쉽다는 듯 중얼거리는 그녀를 향해 천무진이 입을 열었다.

"대체 무슨 일이 있었는데?"

"갑자기 저한테 독을 먹이고 납치를 하더라고요."

"납치를 했다고? 왜?"

천무진이 놀란 듯 되물었다.

"처음엔 혹시나 저희가 조사하는 일과 관련이 있는 건가 싶었는데…… 그건 아니더라고요. 그냥 절 노린 거더군요."

"그런데 왜 굳이 여기까지 데리고 온 거야? 거기서 처리했으면 되잖아."

혈도를 점혈 당해 혼절한 상태로 끌려왔으니 이 비밀 거점에 대해 알 리는 없다.

그래서 천무진 또한 그러한 부분을 문제 삼기보다는 왜 그 자리에서 끝내지 않고 이곳까지 저자들을 데리고 왔는지를 묻는 거다.

백아린이 말했다.

"저 중 한 놈이 무림맹에 있는 작자거든요. 그 자리에서 죽이기도, 그렇다고 그냥 풀어 주기도 애매해서요."

"무림맹의 인물이 그쪽을 납치했다는 거야?"

"기가 막힌 일이죠. 평소에 옆에서 알짱거리기에 확실하게 거리를 뒀는데 이런 말도 안 되는 일을 벌이더군요."

그제야 천무진은 왜 저들이 백아린을 납치했었는지 확실히 알 수 있었다.

사내라면 누구라도 혹할 정도로 빼어난 이 여인의 외모에 넘어가서 해서는 안 될 일을 벌인 것이 분명했다.

고개를 끄덕이며 그가 물었다.

"한 놈은 그렇다 치고 나머지 세 놈은 왜 데리고 온 거야?"

"왜긴요. 증인이 있어야죠. 그래도 나름 이름 있는 가문의 자제라 제 말만으로는 빠져나갈 수도 있으니까요."

치밀한 백아린의 말에 천무진은 절로 수긍할 수밖에 없었다.

그녀가 말을 이어 나갔다.

"날이 밝는 대로 총군사에게 저자가 벌인 일을 알릴 생각이에요. 그냥 단순히 무림맹에서 쫓아내는 정도로 끝내기엔…… 그 죄질이 가볍지 않은 듯싶어서요."

자신을 건드린 것이 문제가 아니다.

아무렇지 않게 누군가를 납치하고, 또 그 사실이 들통나기 무섭게 자신의 안위를 위해 상대방을 죽이려고까지 한 자다.

추후에 다시금 이 같은 일을 벌이지 않을 거라는 보장이 없다.

이런 자는 지은 죄에 맞는 엄벌로 다스려야 한다.

다시는 이 같은 일을 벌일 생각조차 하지 못하도록 말이다.

이번 일을 어떻게 해결할지 이야기한 직후, 백아린은 돌아온 자신과 마주친 그때 천무진이 내뱉었던 첫 말을 기억해 냈다.

뭔가 할 일이 있는데 왜 이렇게 늦었냐는 식의 이야기 말이다.

그녀가 물었다.

"아 참, 그런데 할 일이라뇨?"

*　　*　　*

사천당문의 금지 금장전.

허락된 다섯 명을 제외하고는 아무리 높은 신분을 지녔다 해도 함부로 드나들 수 없는 그곳은 사천당문의 수많은 독들이 보관된 곳이기도 했다.

대부분이 금지된 독물들로, 특별히 관리되는 것들이었다.

그 금장전의 입구로 한 여인이 다가서고 있었다.

백아린과 손을 잡고 움직이는 중인 당소련이었다. 금장전으로 향하는 길목 곳곳을 지나쳐 마침내 도착한 이곳.

아무나 드나들 수 없는 곳이니만큼 입구의 감시 또한 철저했다.

금장전이라는 현판이 걸린 장소로 다가서는 그녀를 발견한 무인들이 포권을 취하며 예를 갖췄다.

분명 당소련은 이곳 금장전에 출입할 수 있는 몇 안 되는 사람 중 하나였다. 하지만 허락되었다고 해도 얼굴만으로 이곳을 드나들 순 없었다.

당소련이 챙겨 온 패를 꺼내어 들었다.

이 패는 혹시나 다른 누군가가 역용술을 이용해 금장전에 출입하는 걸 막기 위한 또 하나의 방편이었다.

꽤나 정교하게 만들어진 패는 외부에 전혀 공개된 적이 없었고, 또한 안다고 해도 만들기 어렵도록 특별한 재질의 나무가 사용됐다.

출입패까지 확인이 되고서야 입구를 지키는 무인들이 옆으로 비켜섰다.

금장전은 단순한 하나의 창고가 아니었다.

워낙 위험한 물건들을 보관하는 장소였기에 커다란 돌로 사방을 막았고, 곳곳에 공간을 나누기 위한 벽이 존재했다.

그 크기도 꽤나 커서, 내부에 쌓여 있는 많은 물건들을 전부 확인하기엔 상당히 긴 시간이 걸릴 듯싶었다.

어두운 내부 곳곳에는 야명주가 자리했고, 당소련은 그 불빛을 따라 걸었다.

그녀가 향하고 있는 곳은 금장전에서도 독들을 모아 둔 장소였다.

몇 번 와 본 적이 있었기에 당소련은 어렵지 않게 목적지를 찾아냈다. 조심스레 문을 열고 안으로 들어선 그녀가 주변을 두리번거렸다.

내부에는 수많은 독들이 혹시 벌어질지 모를 사고에 대비해 안전하게 보관되어져 있었다.

당소련은 오늘 이곳을 찾은 이유인 혈린만혼산을 찾기 시작했다.

혈린만혼산은 금장전에서도 특별히 분류되는 위험한 물건이었기에 찾는 건 그리 어렵지 않았다. 그녀는 품 안에서 서책 한 권을 꺼내어 들었다.

사실 이건 가주에게만 내려오는 물건으로 이곳 금장전 내부에 있는 독들의 양을 정리해 둔 서책이었다.

독들의 유입과 반출이 상세히 적혀 있고, 그것들이 어떠한 식으로 보관되는지도 남겨져 있었다.

제아무리 당소련이라고 해도 함부로 손대서는 안 되는 물건이었지만, 상황이 상황이니만큼 결국 아버지이자 가주인 당세종 몰래 이 서책을 가지고 나온 것이다.

그녀는 서책을 펼쳐 어느 한 곳을 찾아 응시했다.

혈린만혼산(血燐萬魂散) 네 동이 반.

숫자를 확인한 당소련은 앞에 있는 항아리를 바라봤다.

혈린만혼산이라는 이름이 적힌 것의 개수를 헤아리던 그녀의 눈꺼풀이 파르르 떨리기 시작했다.

숫자는 동일했다.

그렇지만…….

먼지가 쌓여 있는 다른 항아리들과는 달리 누군가의 손길이 닿은 듯 유독 깔끔해 보이는 것이 하나 있었다.

당소련이 조심스레 그 항아리의 뚜껑을 열어 보았고, 내부에는 혈린만혼산으로 보이는 가루들이 가득했다.

허나 그걸 확인한 당소련은 곧바로 옆에 있는 항아리를 확인했고, 이내 확신할 수 있었다.

'……누군가 손을 댔어.'

두 항아리 내에 있는 혈린만혼산의 양은 적어도 한 주먹 가까이 차이가 났고, 이토록 중요한 물건을 보관하는 장소에서 이 같은 오차가 있었을 리 없었다.

당소련은 얼굴을 감싸 안았다.

우려했던 최악의 일이 그대로 벌어져서다.

당백의 죽음, 그 일에 관련된 누군가가 사천당문의 사람이 아니었으면 했다.

간절히 바라면서도 이 혈린만혼산을 의심할 수밖에 없었기에 직접 와서 확인했고, 결국 답을 확인할 수 있었다.

이 모든 일들의 뒤에는 이곳 금장전에서 혈린만혼산을 빼돌린 누군가가 있을 확률이 매우 컸다.

깊은 좌절감은 이내 분노로 변해 돌아왔다.

"감히 당문의 독을 사사로이 사용하다니……!"

이 일로 벌어질 수많은 일들은 결국 사천당문의 책임으로 돌아올지도 모른다. 그랬기에 나가 있는 혈린만혼산이 또 무엇인가 일을 벌이기 전에 그 모든 걸 막아야만 했다.

그러기 위해서는 우선 이곳 금장전을 드나들었던 이들을 확인하는 것이 급선무였다.

언제 드나들었고, 또 무슨 목적이었는지를 알아야만 했다.

급히 걸음을 옮기던 당소련이 갑자기 멈칫했다.

그녀의 시선을 잡아 끈 또 하나의 항아리가 있었기 때문이다.

그 항아리도 주변의 것들과는 달리 위에 쌓여 있어야 할 먼지가 보이지 않았다.

항아리를 향해 놀란 듯 걸음을 옮긴 당소련은 이내 떨리는 손으로 내부에 든 독의 이름을 확인할 수 있도록, 그것을 옆으로 천천히 돌리기 시작했다.

항아리 뒤편으로 가 있던 이름이 조금씩 모습을 드러낸 그 순간.

당소련이 눈을 크게 치켜떴다.

"……맙소사."

망혼초(忘魂草)다.

혈린만혼산도 분명 위험한 물건이었지만, 이건 그보다 더욱 살상력이 뛰어난 독이었다.

엄청난 고수라고 해도 망혼초에 중독당하면 한 시진을 넘기기 어렵다.

어지간한 절정 고수조차도 죽일 수 있는 독, 그것이 바로 이 망혼초다.

그런 위험한 물건이 바깥으로 새어 나갔다.

'막아야 해.'

혈린만혼산에 이어 망혼초까지.

대체 이 독들을 가지고 노리는 것이 무엇인지는 알 수 없지만, 그것보다는 우선 그 누군가의 계획을 막아 내는 것이 먼저다.

당소련이 서둘러 금장전을 뛰어나와 입구를 지키고 있는 무인을 향해 소리쳤다.

"당율 사숙은 어디 계시지!"

당율은 이곳 금장전의 관리자로, 사천당문 내에서도 꽤나 배분이 높은 인물이었다. 지금 당소련은 이곳에 드나들었던 상대를 파악하기 위해서 그를 찾는 것이었다.

그녀의 물음에 무인이 주변을 두리번거리다 이내 당황스럽다는 듯 중얼거렸다.

"어? 방금 전까지 근처에 계셨는데……."

어디 있는지 모르겠다는 표정으로 서 있는 그를 보며 당소련은 입술을 깨물었다.

한시가 급했기에 그녀는 막연하게 기다리기보다는 직접 움직이기를 택했다.

"혹시나 사숙이 오시면 내가 찾는다고 전해 드려."

"알겠습니다."

말을 마친 당소련은 서둘러 걸음을 옮겼다.

평소 당율이 즐겨 다니는 곳을 어느 정도 알고 있었고, 그곳부터 먼저 가 보려고 하는 것이다.

그렇게 당소련이 가장 먼저 찾아간 곳은 금장전 가까이에 위치한 그의 집무실이었다.

하지만 그곳에 그는 없었고, 결국 그녀는 다른 장소로 움직여야만 했다.

곧바로 당율의 거처를 향해 방향을 튼 당소련은 급히 움직였다.

그렇게 도착한 당율의 거처.

거처 내부로 들어선 당소련이 막 당율이 기거하는 방 입구에 도달했을 때였다.

"으으으."

방 안에서 들려오는 고통에 찬 신음 소리를 듣는 순간 그녀가 다급히 방 안으로 들어섰다.

방 안에는 그토록 찾고 있던 당율이 있었다.

하지만 그의 상태는 좋지 않아 보였다.

바닥에 쓰러진 채로 고통스러운 표정을 짓고 있는 그의 안색을 보니 단번에 독에 중독되었다는 걸 알 수 있었다.

놀란 당소련이 소리쳤다.

"사숙!"

그녀는 서둘러 쓰러져 있는 당율에게 다가가 상체를 억지로 일으켜 세웠다. 그러고는 맥과 함께 숨소리를 확인했다.

'……얼마 버티지 못해.'

눈으로 보이는 것처럼 당율의 상태는 좋지 못했다.

이대로 두었다가는 곧 숨이 끊어질 것 같은 모습에 당소련은 그를 침상에 기대 둔 채로 서둘러 몸을 일으켜 세웠다.

"기다리세요, 사숙! 제가 사람을 불러……."

외침과 함께 몸을 돌리던 당소련이 움찔했다.

대체 언제부터였던 걸까?

이렇게 완벽하게 뒤를 잡힌 것은.

열린 문의 입구로 걸어 들어오는 흑의인들을 확인하는 순간 당소련은 주춤거리며 뒷걸음질 쳤다.

선두에 선 흑의인의 눈동자가 가늘게 휘어졌다.

입가가 완전히 가려져 있었지만, 그 눈을 보니 웃고 있다는 걸 알 수 있었다.

흑의인이 입을 열었다.

"어딜 가려고."

"……당신들이 이 일을 벌인 작자들인가?"

"그렇다면?"

"여기가 어딘 줄 알고! 이곳은 사천당문이다! 감히 네깟 살수들이 함부로 드나들 곳이 아니라는 소리다!"

말과 함께 당소련의 몸에서 살기가 풀풀 풍겨져 나왔다.

그녀 또한 사천당문의 무공을 익혔고, 꽤나 빼어난 무인이기도 했다.

문제는 상대가 그런 당소련조차도 뒤를 잡혔다는 사실을 알아채지 못했을 정도의 실력자라는 것이지만.

분에 찬 듯한 당소련의 외침.

그러자 흑의인이 참지 못하고 웃음소리를 흘렸다.

"킥!"

웃음소리에 불쾌한 표정을 지어 보이는 그녀를 향해 흑의인이 손사래를 치며 말했다.

"아아, 그냥 좀 웃겨서 말이야. 듣던 대로 이런 상황에서도 쉽게 굽히지 않는군그래. 그런 성격이 죽음을 앞당겼지만."

"날 아는 모양이로군."

"그럼."

흑의인이 소매를 가볍게 흔들었다.

차앙!

순간 소매 안에서 두 자루의 비수가 떨어져 내리더니 그 자의 손바닥 안에 빨려 들어갔다.

두 자루의 비수를 든 흑의인이 여전히 웃음기 담긴 눈으로 말을 이었다.

"……사실 우리는 당신을 기다리고 있었거든."

* * *

당소련은 자신을 기다려 왔다는 흑의인의 말에 표정을 구겼다.

마치 이곳에 자신이 올 걸 알고 있었다는 듯한 말이 아닌가.

"내가 올 걸 알았다고?"

"그럼. 그렇지 않고서야 여기 우리가 남아 있었을 이유가 없잖아."

"그 말은…… 나에게 용건이 있다는 소리로군."

"용건이라면 용건이겠네. 당신 목숨을 가져갈 생각이라서."

흑의인은 적의를 숨기지 않고 드러냈다.

그리고 그 말은 곧 그만큼 확신이 있다는 소리기도 했다.

다른 곳도 아닌 이곳 사천당문의 한복판에서 가주의 여식인 그녀를 죽이겠다 말하고 있다.

더군다나 알아채지 못하게 뒤를 잡아 버리는 실력까지.

강하게 나가고는 있지만 당소련의 등 뒤로는 식은땀이

주르륵 흘러내리고 있었다.

'……내가 감당할 수 있는 상대가 아니야.'

눈앞에 있는 이 흑의인 하나조차 감당하기 어려운 상황에 도망치지 못하게 하겠다는 듯 주변을 포위하고 있는 몇몇의 모습까지 눈에 들어온다.

얼추 십여 명에 가까운 이 암살자들은 쉽사리 볼 만한 수준이 아니었다.

아무리 이름난 살수 단체라고 해도 이렇게 사천당문 내부로 직접 침입하는 말도 안 되는 선택은 할 수 없었다.

이런 경우 의심할 수 있는 경우의 수는 두 가지다.

정말 이들 모두가 그런 선택을 할 정도로 뛰어난 고수이거나…… 아니면 내부에서 누군가가 도왔거나.

흑의인이 입을 열었다.

"아쉽지만 대화는 여기까지만 하지. 혹시나 누군가가 나타나면 귀찮아져서 말이야."

"사천당문에 들어와 날 건드리고도 네놈들이 무사할성 싶더냐."

"아아, 그런 걱정은 말라고. 어차피 널 죽인 게 우리라는 건 아무도 모를 테니까. 그럼 된 거 아닌가?"

말과 함께 그자는 양손에 들린 비수를 들어 당소련을 겨눴다.

그 상태로 흑의인이 말을 이었다.

"뒷일은 살아 있는 우리가 알아서 할 테니 쓸데없는 걱정 말고 죽어."

파앙!

말과 함께 날아든 비수 한 자루.

잔뜩 집중하고 있었던 덕분인지 그녀는 재빠르게 몸을 틀었고, 아슬아슬하긴 했지만 비수는 허공을 가르며 벽에 틀어박혔다.

하지만 비수에 실린 내력이 얼마나 강했는지, 단지 스쳤을 뿐이거늘 그 주변에 있던 머리카락이 뭉텅 잘려 나감과 동시에 어깨 부분에서 피가 터져 나왔다.

"윽!"

고통이 찾아왔지만, 상처를 살필 여유는 없었다.

이미 상대가 달려들고 있었으니까.

쒜엑!

놀란 당소련이 황급히 옆에 있는 탁자를 손으로 짚으며 반대편으로 껑충 뛰어올랐다. 동시에 그녀 또한 감춰 두었던 비수를 날렸다.

암기술에 능한 사천당문의 인물답게 뛰어난 실력이었다.

한 번에 다섯 개의 비수가 줄지어 날아갔고, 제각기 막기 어려운 방향으로 움직였다.

허나 흑의인에겐 그렇지 못했던 모양이다.

타타탕!

자신의 손에 들린 비수를 휘익 휘젓는 순간 날아들던 암기들이 곧바로 당소련이 있는 반대편으로 튕겨져 나갔다.

그것도 당소련이 날렸던 것보다 훨씬 빠른 속도로.

놀란 그녀가 몸을 웅크리며 전방을 향해 다시금 암기를 날렸다.

그대로 있다가는 당하기만 한다는 생각에 다급히 날린 일격.

암기가 정확하게 흑의인에 어깨에 틀어박혔다.

허나 그 대가는 컸다.

"으으윽."

복부를 움켜쥔 당소련이 짧은 소리를 흘렸다. 자신이 날린 공격을 흑의인이 받아친 탓에 그걸 고스란히 되받아 내야만 했다.

몸을 웅크리며 몇 개는 피해 냈지만, 복부와 허벅지에 하나씩 비수가 틀어박혀 버렸다.

어떻게 하기에는 너무 빠른 공격이었기에 순식간에 두 개의 치명상을 입고야 만 것이다.

반면 흑의인은 아무렇지 않은 표정으로 어깨에 박힌 암기에 손을 가져다 댔다.

툭.

태연하게 암기를 빼내 바닥에 던진 그가 옷을 툭툭 털며 말했다.

"내 몸에 상처를 낼 정도일 줄은 몰랐는데 말이야."

말과 함께 흑의인이 숨겨 놨던 검을 뽑아 들었다. 보통 크기보다는 다소 짧고, 단검보다는 긴 중간 크기의 검이었다.

특수 제작한 검을 들어 올린 흑의인이 가볍게 목을 풀었다.

눈은 여전히 웃고 있었지만 사실 지금 다소 짜증이 치민 상태였다.

"나한테 한 방 먹였다고 좋아하지 않는 게 좋아. 그런 멍청한 짓을 하는 바람에…… 넌 편하게 죽을 기회를 놓쳤거든."

최대한 흔적을 남기지 않게 평범한 비수를 이용해 죽이려 했다.

하지만 이제 마음이 바뀌었다.

손에 들린 검의 특이한 점은 길이에만 있지 않았다. 날의 곳곳에 마치 가시처럼 뾰족뾰족하게 튀어나온 부분이 있었다.

그리고 이건 살점을 베는 것과 동시에, 찢어 버리기까지 할 수 있는 특징을 지녔다.

상대를 고통 속에서 죽어 가도록 만드는 무기.

그것이 바로 이 검이었다.

자신의 무기는 꺼내 든 흑의인이 망설이지 않고 움직였다.

스읏.

거리를 순식간에 좁힌 그의 검이 빠르게 당소련의 옆구리로 날아들었다.

움직일 걸 예상하고 대비하던 그녀가 서둘러 비수로 공격을 받아 냈다.

그렇지만…….

피식.

웃음소리가 귓가에 들리는 순간 검이 비수의 날을 타고 팔 쪽을 향해 거칠게 밀려 올라왔다.

드드득!

비수의 날이 우그러지는 소리와 함께 날카로운 검날이 순식간에 팔등에 도달했다. 놀란 당소련이 황급히 팔을 뒤쪽으로 잡아당겼지만, 상대의 검은 이미 목적지에 도달해 있었다.

촤악!

빠른 움직임 덕분에 팔등은 피해 냈지만, 팔목에서부터 시작해서 팔꿈치까지 흑의인의 검이 베고 지나갔다.

동시에 보통 베였을 때와는 비교도 되지 않을 정도로 많은 양의 피가 터져 나왔다.

"아악!"

비명이 흘러나오는 그 순간 흑의인의 반대편 손바닥이 그녀의 복부에 틀어박혔다.

부웅!

허공으로 뜬 당소련은 그대로 날아가 바닥에 처박혔다.

방 안은 그녀의 팔에서 터져 나온 피로 엉망이 되어 버렸다.

가까스로 상체를 일으켜 세운 당소련이 거친 숨을 몰아 쉬었다.

"커윽, 컥."

팔목부터 해서 팔꿈치까지 길게 생겨 버린 상처는 엉망이었다.

살갗이 찢겨 나갔고, 피는 쉼 없이 흘러내렸다. 살덩이가 찢겨 나간 탓에 지혈을 하는 것도 쉽지 않았다.

거기다 복부에 틀어박힌 일격까지.

가뜩이나 비수 한 자루가 박히며 고통스러웠던 다리를 움직일 수조차 없게 만들어 버렸다.

'일어나야 해.'

당소련은 억지로 몸을 일으켜 세웠다.

이대로 앉아 있다가는 다음 공격을 받아 내지 못하고 죽음을 맞이할 거라는 걸 너무도 잘 알았으니까.

그녀가 슬쩍 소매 안에 감춰 둔 뭔가를 확인했다.

이런 일이 벌어질 건 전혀 예상치 못했기에 소매 안쪽 숨겨진 공간에는 쇄혼산이라는 이름의 독밖에 존재하지 않았다.

방 안에 이미 중독되어 죽어 가는 당율이 있었기에 가능하면 독의 사용을 자제하려 했지만 이대로 가다가는 어차피 둘 다 죽는다.

차라리 지금 승부를 봐야 한다는 결론을 내렸고, 당소련은 찢겨져 덜덜 떨리는 손을 억지로 움켜쥐었다.

하필이면 독을 하독해야 할 손이 다치는 바람에 움직이는 것이 쉽지 않았다.

흑의인의 일거수일투족에 모든 신경을 집중하고 있는 그때, 그가 다가서며 입을 열었다.

"벌써 죽으려 하면 어떻게 해. 내 어깨에 상처를 낸 대가는 꽤나 크다고."

성큼 흑의인이 다가서는 바로 그때.

걸음걸이를 통해 상대방과의 거리를 계산하고 있던 당소련의 눈동자가 꿈틀했다.

'지금!'

망설여선 안 된다.

기회는 찰나였고, 이걸 놓친다면 다음은 없다.

부들거리는 손을 들어 거칠게 흔드는 바로 그때, 소매 건너에 있었던 상대가 갑자기 사라졌다.

그리고 흔들리던 손목은 허공에서 갑자기 멈춰 버리고 말았다.

흑의인의 얼굴이 당소련의 코앞까지 다가와 있었다.

그의 웃는 눈동자가 잔인하게 빛났다.

"어딜."

손목은 이미 단단하게 잡혔고, 흑의인은 몸을 옆으로 비틀기까지 해 그나마 흘러나왔던 쇄혼산마저 피한 상황이었다.

그는 이미 당소련이 마지막 승부수로 독을 사용할 걸 알고 있었던 것이다.

그걸 확인하는 순간 그녀는 알아 버렸다.

살아서 이곳을 나갈 방법이 없다는 사실을.

'……끝이구나.'

동시에 흑의인의 팔꿈치가 옆구리에 틀어박혔고, 무너져 내리는 당소련의 머리통을 움켜잡은 그는 곧바로 그녀를 반대편 벽을 향해 냅다 집어던졌다.

쿠웅!

벽에 충돌하며 다시금 바닥으로 나뒹구는 그녀를 향해 흑의인은 어깨를 으쓱했다.

"참내, 너무 뻔하잖아."

피를 토하며 쓰러져 있는 당소련을 보며 더는 길게 시간을 끌 이유가 없다 여겼는지 흑의인이 검을 고쳐 잡았다.

"자, 그럼 잘 가라고. 좀 많이 아플 거야."

멀리 집어던져 버린 당소련을 죽이기 위해 그가 성큼 걸음을 내디디며 입을 여는 바로 그 순간.

귓가로 무엇인가 맹렬한 파공음이 흘러들었다.

콰콰콰쾅!

날아드는 거센 기세에 놀란 듯 흑의인이 온몸을 회전하며 비틀었을 때다.

파라락.

아슬아슬하게 스쳐 지나간 그 거대한 뭔가가 모든 걸 박살 내다 땅에 틀어박히며 멈추어 섰다.

쿠웅!

허공으로 몸을 회전시켰다가 가까스로 착지한 흑의인이 놀란 듯 고개를 치켜들었다. 그러고는 이내 시선을 잡아끄는 뭔가를 확인하는 순간 그의 눈동자가 흔들렸다.

사람만 한 크기의 대검.

한 자루의 대검이 흑의인과 당소련 사이에 틀어박혀 있었다.

마치 이 건너로는 넘어갈 수 없다는 듯이.

놀란 건 비단 흑의인뿐만이 아니었다.

갑작스러운 소란에 힘겹게 고개를 치켜들었던 당소련의 눈에도 둘 사이를 가로막은 커다란 대검이 보였다.

그걸 확인하는 순간 당소련 또한 눈을 치켜떴다.

'이 대검은……?'

어찌 이 특이한 외형을 잊을 수 있을까.

덩달아 말도 안 되는 크기의 이 대검을 짊어지고 다니던 한 여인의 모습이 떠올랐다.

적화신루의 사총관, 바로 그녀다.

그 순간 멀리에서 대검 주인의 목소리가 울려왔다.

"자, 다들 거기까지!"

들려오는 여인의 목소리에 방 안에 있던 흑의인도, 바깥에서 이 건물을 포위하고 있던 그의 수하들도 그쪽으로 고개를 돌렸다.

그리고 그곳에서는 이쪽을 향해 다가오는 한 여인이 있었다.

새하얀 백의를 입은 상대는 죽립을 깊게 눌러쓰고 있어서 얼굴을 확인할 수 없었다.

목소리와 옷차림으로 여인이라는 건 알 수 있었지만, 그걸 제외하고는 아무런 것도 드러내지 않은 자다.

그렇지만 대검이 날아들며 뿜어냈던 파괴력만으로도 이미 그 실력이 어느 정도인지는 짐작할 수 있었다.

지금 저 여인이 있는 곳에서부터 이곳까지의 거리는 상당했다.

그럼에도 불구하고 이토록 맹렬하게 날아드는 대검이라니…….

흑의인은 입술을 깨물며 중얼거렸다.

"귀찮게 하는군."

가능하면 당소련을 제거하고 빠르게 이곳 사천당문을 빠져나가려 했다. 그런데 갑자기 나타난 정체불명의 여인 한 명이 상황을 무척이나 귀찮게 만들 것 같다는 예감이 들었다.

상황이 복잡해졌지만 흑의인은 빠르게 생각을 정리했다.

지금 반드시 해야 할 건 다름 아닌 목표인 당소련의 제거였다. 이후의 일은 그다음에 고민해 봐도 될 문제였다.

흑의인이 입구 쪽을 막고 있는 수하들을 향해 급히 명령을 내렸다.

"방해하지 못하도록 너희가 막아. 나도 바로 합류하지."

"옙."

수하들이 고개를 끄덕이며 명령대로 하겠다는 뜻을 내비쳤고, 흑의인은 빠르게 일을 마무리 짓기 위해 움직이려 했다.

허나 막 고개를 돌리며 검을 움직이려던 흑의인은 멈칫할 수밖에 없었다.

죽여야 했다.

만약이라도 당소련이 살아서 나간다면 일이 복잡해질 수도 있었으니까. 그걸 알지만 흑의인은 움직이지 않았다.

아니, 그럴 수가 없었다.

자신과 당소련의 사이에 틀어박혀 있는 한 자루의 대검, 그리고 그 옆에 서 있는 한 사내가 눈에 들어왔기 때문이다.

바깥에 나타난 자와 마찬가지로 죽립을 쓴 정체불명의 상대를 마주했다는 사실을 알게 된 바로 그 순간 흑의인은 마른침을 삼켰다.

대체 언제 이 방 안에 나타났는지 예상조차 할 수가 없었다.

흑의인은 누군가가 이토록 지척까지 다가와 있었던 걸 고개를 돌려 확인하기 전까지 알 수 없었다는 사실이 차마 믿기 어려웠다.

흑의인이 떨리는 목소리로 입을 열었다.

"……넌 누구냐?"

흑의인의 질문에 죽립을 쓰고 나타난 천무진은 대답 대신 옆에 틀어박혀 있는 대검을 뽑아 들었다. 그러고는 그것을 멀찍이에서 다가오고 있는 백아린을 향해 냅다 집어던졌다.

부웅 붕!

바람마저 베어 버릴 법한 괴성을 토해 내며 수십 장 너머에 있는 백아린에게 날아든 대검.

그녀는 허공에서 날아드는 대검을 가볍게 한 손으로 받아 챘다.

사람 크기만 한 대검을 아무렇지 않게 받아 내는 그녀를 보며 천무진이 대단하다는 듯 고개를 절레절레 저었다.

직접 들어 보니 묵직한 무게감이 보통이 아니거늘, 저걸 아무렇지 않게 휘둘러 대는 백아린이라는 여인이 참으로 신기했다.

잠시 그녀에게 향했던 시선이 이내 앞에 마주하고 있는 흑의인에게로 돌아갔다.

백아린을 향해 대검을 던져 줬을 뿐이거늘 지레 공격하는 줄 알고 놀란 그가 움찔하며 옆으로 비켜선 상황.

천무진이 피식 웃으며 입을 열었다.

"왜 놀라고 그래. 이제부터 시작인데 벌써 겁을 집어먹으면 재미없잖아?"

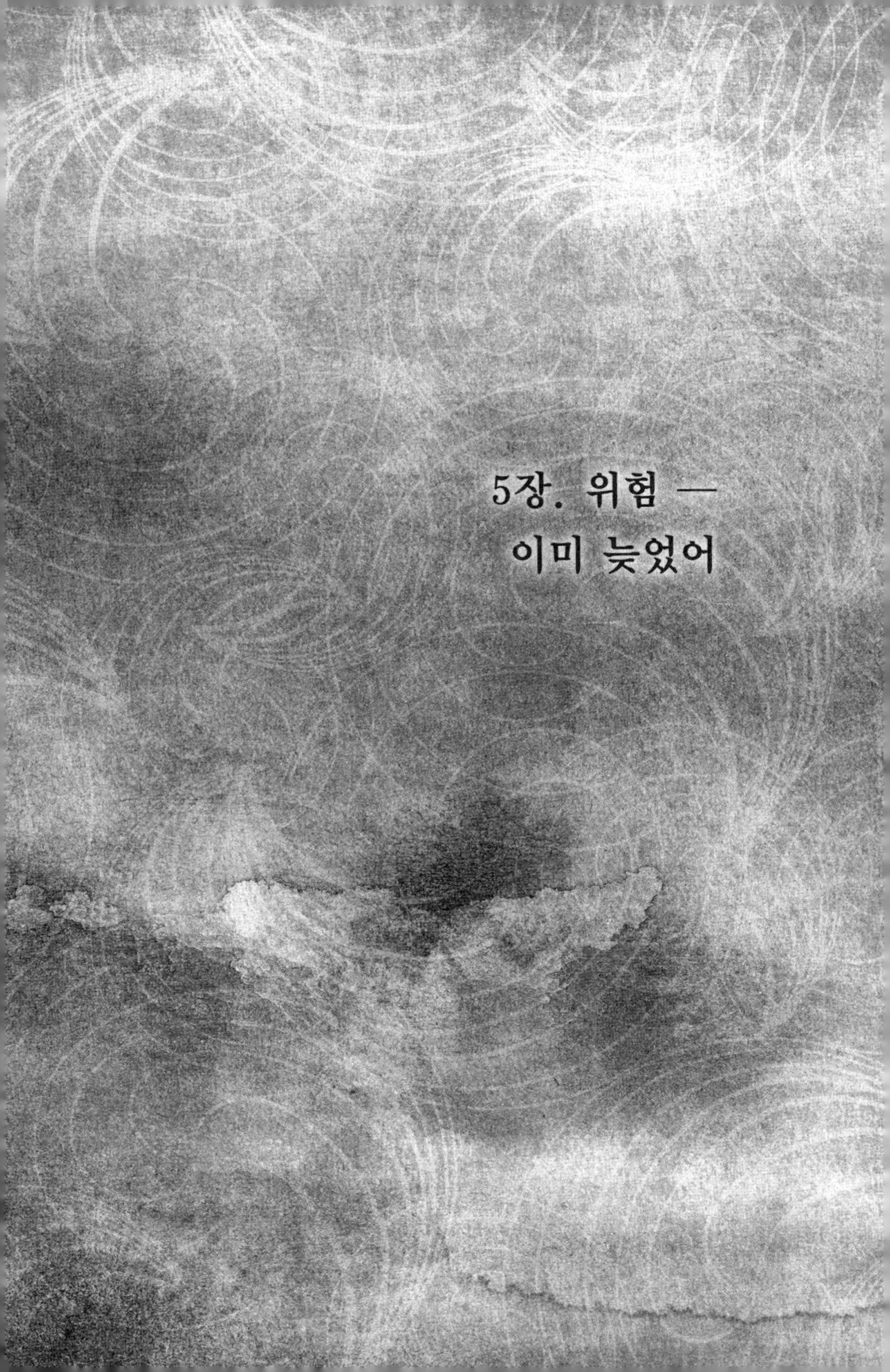

5장. 위험 —
이미 늦었어

천무진이 멀리에 있는 백아린을 향해 말했다.

"바깥쪽에 있는 놈들 좀 맡아 줘. 가능하지?"

"지금 저한테 가능하냐고 묻는 거예요?"

뭘 그런 당연한 걸 묻냐는 듯 백아린은 자신의 대검을 붕붕 휘둘렀다.

그녀의 몸에서 풍겨져 나오는 기세에 눌렸는지 마주하고 있는 정체불명의 흑의인들은 움찔하며 뒷걸음질을 쳤다.

그 모습을 부서진 벽 너머로 확인한 당소련은 놀란 표정을 지어 보였다.

처음 봤을 때부터 생각보다 뛰어난 무공을 지녔다는 사

실은 어렴풋이 짐작했다. 하지만 지금 백아린에게서 풍겨져 나오는 기운은 당소련이 예상했던 수준을 훨씬 웃돌았다.

저 바깥에 있는 이들과는 손을 섞어 보지 않았지만, 우두머리 흑의인에게 일방적으로 당하며 이들의 수준이 보통이 아니라는 걸 알았다.

그런 자들을 기세만으로 압도하는 상황이라니…….

그 순간 그녀를 이렇게 만든 흑의인과 마주한 천무진이 자신의 검을 뽑아 들었다.

당소련이 배 부분을 움켜쥔 채로 천무진을 향해 소리쳤다.

"그자 생각보다 강해요! 조심해요!"

천무진은 그녀를 향해 슬쩍 시선을 줬다 이내 고개를 돌렸다.

당소련이 걱정하는 바를 모르는 것은 아니지만 그 말은 자신이 눈앞에 있는 흑의인을 향해 던져야 할 말이었다.

천무진이 어깨를 으쓱하며 말했다.

"어떻게 생각해? 조심해야 할 게 난가? 아니면…… 겁을 먹고 있는 넌가."

"겁을 먹긴 누가 겁을 먹었다는 게냐."

흑의인은 최대한 침착하게 대답을 했지만, 목소리 끝이 묘하게 떨리고 있었다. 직접 실력을 보지 못했음에도 이미 상대가 위험한 자라는 걸 체감하고 있었던 탓이다.

천무진은 뽑아 든 검으로 그를 겨누며 입을 열었다.

"빨리 끝내지. 당문의 사람들이 몰려들면 귀찮은 건 나도 마찬가지거든."

지금 천무진의 입장에선 이곳에 있는 흑의인들을 최대한 조용히 처리해야 한다.

밤이고 사람들이 오가는 길목이 아닌 저기 쓰러져 있는 당율이라는 노인의 거처이긴 하지만 소란이 길어지면 이곳으로 사천당문의 무인들이 금방 몰려올 것이다.

검을 든 천무진을 향해 흑의인 또한 양손에 비수를 든 채로 자세를 잡았다.

둘 사이에 찾아온 잠깐의 정적.

그 정적을 깬 것은 바깥에서 울려오는 백아린의 대검이 만들어 낸 충격음이었다.

쿠웅.

묵직한 소리와 함께 흑의인들의 중앙을 갈라 버리는 그녀의 움직임. 그리고 그 소리와 모습에 움찔하는 흑의인을 향해 천무진이 달려들었다.

촤악.

검이 사선으로 치고 들어가자 상대는 황급히 뒤로 몸을 젖히며 몸을 회전시켰다. 아슬아슬하게 피함과 동시에 회전력을 이용해 안쪽으로 움직이는 그의 움직임은 꽤나 기민했다.

흑의인이 사용하는 비수의 간격은 일반적인 검보다 훨씬 짧았고, 직접적으로 공격을 가하기 위해서는 거리를 좁혀야 했다.

순식간에 거리를 좁혀 오는 상대의 모습에 천무진의 눈꺼풀이 꿈틀했다.

예상대로 무척이나 잘 훈련된 실력자였다.

허나 아쉽게도 그 움직임은 천무진에게 이미 읽히고 있었다.

목을 노리고 날아드는 비수를 가볍게 옆으로 흘려 낸 천무진의 주먹이 곧장 비어 있는 상대의 얼굴로 날아들었다.

빠앙!

가까스로 반대편 팔을 들어 올리며 방어에는 성공했지만 흑의인의 몸이 밀려 나갔다. 막은 팔로 전해진 충격이 머리까지 흔들어 버린 그 순간, 천무진은 이미 그에게로 다가와 있었다.

촤악!

복부를 베기 위해 날아드는 검을 확인한 흑의인은 직감했다.

'늦었어. 이건 못 피한다!'

그렇다면 지금 할 수 있는 건 당하는 만큼 상대에게 갚아 주는 일뿐.

허리를 최대한 옆으로 움직여 거리는 좁히지만, 반대로 검에 당할 면적은 최소화하는 선택을 한 것이다. 동시에 좁혀진 거리를 이용해 천무진의 어깨로 비수를 꽂아 내렸다.

순간 불에 덴 것처럼 화끈한 감각이 허리에 느껴졌다.

검이 옆구리를 베고 지나간 것이다.

하지만 애초에 이 정도는 각오한 상황, 처음 예정대로 그는 천무진의 비어 있는 어깨를 향해 비수를 내리찍었다.

운만 좋다면 어깨에 일격을 날리고, 곧바로 반대편 손에 들린 비수로 목을 관통하며 싸움을 끝낼 수도 있다 판단했다.

하지만…….

덥석.

비수를 쥐고 내치려던 손의 손목을 천무진이 허공에서 잡아 버렸다. 죽립 아래로 드러난 그의 입이 씨익 웃음을 지었다.

마치 이런 움직임을 보일 거라는 걸 애초에 알고 있었다는 듯이.

"이익!"

흑의인이 당황하며 곧바로 반대편 손을 움직였다.

재차 찍어 오는 공격, 천무진은 이번에도 손을 움직였다.

검을 쥐고 있는 손이었던 탓에 이번엔 잡아채기보다는 주먹으로 대응했다.

빠앙!

주먹이 날아드는 손의 팔꿈치를 강하게 후려쳤다.

팔목이 잡힌 상황에서 반대편 팔꿈치를 가격당하자 그 충격을 고스란히 받을 수밖에 없었다.

"크억."

얼굴을 가리기 위해 착용한 복면이 고통을 참지 못하고 토해 낸 그의 침으로 범벅이 되어 버렸다. 허리를 베인 것보다 지금 이 일격이 훨씬 더 커다란 패배감을 안겨 줬다.

팔꿈치 뼈가 박살이 나면서 왼손이 곧바로 툭 떨어져 내렸다. 덩달아 손에 들려 있던 비수도 바닥에 나뒹굴었다. 힘을 줘도 손을 들어 올리기 어려울 정도의 상태가 되어 버린 것이다.

거기다 지금 흑의인은 천무진에게서 완전히 벗어난 상황이 아니었다.

여전히 꽉 잡혀 있는 팔목.

이걸 벗어나지 않고서야 이 싸움에 승산은 없다 해도 과언이 아니었다. 고통을 참으며 어떻게든 손아귀에서 빠져나오기 위해 팔목을 비틀었다.

황급히 뒤편으로 팔을 잡아당기며 어떻게든 빠져나가려

했지만…….

"어딜."

몸을 앞으로 잡아당기며 천무진의 주먹이 그의 복부에 틀어박혔다. 그리고 이내 흑의인의 상체가 뒤로 밀려 나가는 그 찰나였다.

거리가 벌려지자 천무진은 지체 없이 검을 움직였다.

스윽 슥.

동시에 양쪽 허벅지를 베어 버리자 흑의인의 하체가 무너졌다.

무릎을 꿇듯이 주저앉은 그의 눈가로 그림자가 드리웠다.

빠악!

주먹이 정확하게 안면에 꽂혔고, 그는 그대로 피를 뿌리며 나자빠졌다.

천무진은 힘을 잃고 덜렁거리는 흑의인의 팔목을 툭 놓아 버렸다. 그는 곧바로 뒤로 벌렁 쓰러질 수밖에 없었다.

순식간에 흑의인을 제압한 천무진은 서둘러 한편에 주저앉아 있는 당소련을 향해 다가갔다.

처음보다 한결 나아진 상태인 그녀를 향해 천무진이 물었다.

"괜찮습니까?"

"당신들 덕분에 간신히요. 고마워요. 이 은혜를 어찌 갚아야 할지……."

이 두 사람이 나타나지 않았다면 당소련의 죽음은 기정사실이나 다름없었다. 죽음의 문턱까지 갔다가 살아 돌아온 기분이었다.

자신은 기적적으로 살았지만, 문제는 당율의 상태였다.

"저 좀 부축해 주실 수 있을까요?"

천무진은 고개를 끄덕이고는 당소련의 어깨를 들어 줬고, 그녀는 힘겹게 몸을 일으켜 쓰러져 있는 당율을 향해 다가갔다.

처음 당소련이 이곳에 도착했을 때부터 이미 숨이 끊기려 했던 그였다.

그로부터 시간이 흘렀으니 당연히 상태는 이미 손쓰기 어려울 정도로 최악이었다.

당소련과 함께 당율에게 다가간 천무진이 먼저 그의 상태를 살폈다. 그러고는 이내 천무진이 작게 고개를 저었다.

"늦었습니다."

숨은 아직 붙어 있었지만 이건 살아 있다고 말하기 어려운 상황이었다. 독이 이미 장기 곳곳에 스며들어 모든 걸 망가트렸다.

거의 감은 두 눈은 파르르 떨리고 있었고, 입 주변은 아까부터 흘러내린 피로 엉망이다.

쾅.

당소련이 분하다는 듯 주먹으로 바닥을 내리쳤다.

입술을 꽉 깨문 그녀의 눈에서 눈물이 뚝뚝 떨어져 내렸다.

당백에 이어 금장전의 관리자인 당율까지.

가문의 사람들이 죽어 가고 있었다.

그리고 자신은 그 누구도 지켜 내지 못했다.

천무진이 물었다.

“대체 이게 어떻게 된 겁니까?”

“모르겠어요. 최근 금장전에 드나들었던 이에 대해 알아보려고 사숙을 찾았는데, 제가 왔을 때는 이미…….”

말을 채 잇기 힘들었는지 당소련의 목소리가 희미해졌다.

그런 그녀를 향해 천무진이 재차 질문을 던졌다.

“금장전에 드나든 이에 대해 알아보려 했다는 말은 저희가 의뢰한 독이 혈린만혼산이었다는 소립니까?”

“혈린만혼산의 일부가 빠져나간 것을 확인했거든요. 하지만 그보다 더 큰 문제가 하나 생겼어요.”

“더 큰 문제가 뭡니까?”

“누군가가 망혼초에도 손을 댔어요.”

"망혼초……?"

"혈린만혼산보다 훨씬 위험한 물건이에요. 절정고수조차도 죽일 수 있는 독이죠."

독의 종류는 셀 수도 없이 많지만, 개중에서 절정고수 정도 되는 이들을 위협하는 건 그리 많지 않다. 그런데 그 정도의 독이 비밀스럽게 사천당문에서 빠져나갔다.

그 말은 곧 또 어딘가에서 망혼초라는 독으로 일이 벌어질 거라는 소리인데…….

천무진이 뒤편 바닥에 쓰러져 있는 흑의인을 향해 말했다.

"어이, 이봐. 아는 거 없어?"

"크윽, 큭큭큭……."

숨넘어가는 소리와 함께 흑의인은 대답 대신 웃음을 토해 냈다. 그 모습이 자신이 그걸 대답할 이유가 없지 않냐고 말하는 듯싶었다.

바로 그때였다.

부들부들 떨면서 당율이 천천히 손을 들어 올렸다. 당소련이 그 손을 잡아 주기 위해 움직이려고 할 때였다. 미미하게 흔들리는 그의 머리를 본 천무진이 급히 그녀의 손을 잡아챘다.

갑작스러운 천무진의 행동에 당소련이 고개를 돌려 그를 바라볼 때였다.

천무진이 말했다.

"잠시만 기다리시죠."

"하지만 사숙이 절……."

"그게 아닌 걸로 보입니다."

천무진의 말에 당소련이 당율에게로 다시금 시선을 돌렸다.

당소련을 향해 힘겹게 올라가던 손.

하지만 천무진의 말대로 당율의 손이 향하는 곳은 그녀의 팔이 아니었다.

당소련의 상체를 지나 어깨 위까지 향하는 그 순간 그가 천천히 검지를 치켜세웠다.

당율의 손가락이 향하는 곳에는 커다란 그림 한 점이 걸려 있었다. 천무진이 곧바로 그쪽으로 움직여서 그림을 치웠고, 그 뒤편에는 자그마한 문이 하나 감춰져 있었다.

천무진은 곧바로 문을 옆으로 밀었고, 이내 비밀 공간의 내부가 모습을 드러냈다.

그리고 그 안에는 몇 권의 서책이 자리하고 있었다.

당소련이 눈을 치켜뜨며 물었다.

"설마 그건……?"

서책을 펼쳐서 안의 내용을 살핀 천무진이 이내 고개를 끄덕였다.

"맞습니다. 금장전의 출입 명부군요."

대답을 듣는 순간 당소련이 놀란 듯 시선을 돌려 당율을 바라봤다.

눈조차 뜨지 못한 채로 죽어 가는 그 와중에서도 자신을 위해 금장전의 출입 명부가 있는 곳을 가르쳐 준 것이다.

"사숙……."

그녀의 목소리를 듣는 순간 당율의 입가에 희미한 미소가 걸렸다. 그러고는 이내 어렵사리 들고 있던 그의 손이 마침내 힘을 잃고 떨어져 내렸다.

툭.

그렇게 떨어져 내린 손을 당소련은 양손으로 꽉 감싸 안았다. 이미 숨을 거둔 것을 알기에 마음이 더욱 아려 왔다.

그렇게 당율의 손을 쥔 채로 그녀가 하염없이 눈물을 흘리는 사이 천무진은 쓰러져 있는 흑의인을 향해 다가갔다.

걸어가는 도중 힐끔 쳐다본 바깥의 상황, 백아린 또한 이미 모두를 때려눕힌 채로 이쪽을 향해 걸어오고 있었다.

흑의인의 바로 옆에 도착한 천무진이 엉망이 된 그를 내려다보며 물었다.

"대답해. 넌 알 거 아냐. 망혼초를 어디다가 쓰려고 한 건지."

"……그 독이 어디에 쓰일지 궁금한가? 하지만 어쩌지?

이미 늦었는데.”

“늦었다고?”

“그래. 지금쯤이면 이미 망혼초가 우리의 목표물을 중독시켰을 거거든.”

*　　*　　*

단엽은 오늘도 혼자였다.

최근의 일상처럼 그는 천룡성의 장원에서 멀찍이 떨어진 외딴 장소에서 혼자 무공 훈련에 열중했다.

이전에 한천이 준 조언에는 아랑곳하지 않고 오늘도 단엽은 맨주먹으로 집채만 한 바위들을 박살 내고 있었다.

쾅쾅!

쩍쩍 갈라지던 바위들은 연달아 몰아치는 단엽의 주먹을 버텨 내지 못하고 가루가 되어 사라졌다.

한참 화풀이를 해 대던 단엽은 이내 주먹질을 멈추고 잠시 주변을 둘러봤다. 오늘도 인근에 있는 바위들을 모두 박살 내 버린 상태, 슬슬 돌아갈 시간이 됐다고 생각했는지 그가 걸음을 옮겼다.

흥분해서 날뛰다 보니 짐을 내려놓은 장소와 꽤나 멀리 떨어져 있었다.

반 각가량을 걸어서야 마침내 짐을 풀어 놓은 장소에 도착한 그가 옆에 있는 평평한 돌 위에 걸터앉았다.

단엽은 아무렇지 않게 옆에 놓인 수통을 들어 올렸다. 막힌 뚜껑을 뽑아 든 그가 수통을 입에 가져다 댔다.

벌컥벌컥.

시원하게 물을 들이켜던 단엽이 소매로 입가를 닦아 내다 멈칫했다.

떨떠름한 표정을 지어 보인 그가 입을 열었다.

"……물맛이 왜 이래?"

* * *

물을 목 뒤로 넘기는 순간 동시에 밀려드는 불쾌한 느낌.

단엽은 몸 곳곳으로 퍼져 나가기 시작한 기운을 느끼고는 서둘러 내공을 움직였다.

단번에 장기를 집어삼키려는 기운을 막아 내는 그 순간 속에서 무엇인가가 치고 올라왔다.

"우욱!"

손으로 입을 틀어막았던 단엽이 천천히 손을 뗐고, 손바닥에는 검붉은 피가 묻어 있었다.

돌에 앉아 있던 단엽이 천천히 몸을 일으켜 세우며 중얼거렸다.

"……독이군."

반응이 빨라서 망정이지 조금만 늦었다면 몸 안으로 들어온 이 정체불명의 독은 더욱 큰 타격을 입혔을 게다.

순간적으로 몸 안에 퍼지는 독기를 최대한 억누르긴 했지만 이건 임시방편일 뿐, 완벽한 치료는 되지 못했다.

우선적으로 이 독이 혼자만의 힘으로 밀어낼 수 있는 것인지, 아니면 따로 치료제를 구해야 하는 건지 확인을 해야 했지만…… 아쉽게도 지금 그럴 여유는 있을 것 같지 않았다.

단엽이 고개를 치켜들어 주변을 둘러봤다. 어두운 숲 속, 인기척은 전혀 느껴지지 않았지만 직감할 수밖에 없었다.

그가 버럭 소리쳤다.

"어이! 숨어 있지들 말고 나오라고!"

그의 외침이 파동이 되어 주변으로 퍼져 나갔다.

고함에도 불구하고 그 누구도 모습을 드러내지 않아 재차 소리를 치려는 그 순간.

한 명의 사내가 어둠 속에서 천천히 모습을 드러냈다. 제법 거리가 있는 곳에서 다가오는 그자는 중년의 사내였다.

얼추 사십 대 후반 정도 되어 보이는 외모의 그는 싸늘한 눈빛에 무뚝뚝한 얼굴을 하고 있었다.

그의 정체는 구마대(九魔隊) 대주 신욱(愼郁)이라는 자였다.

창을 사용하는 이 사내는 무척이나 뛰어난 무인이었다.

그가 서서히 다가서며 입을 열었다.

"독에 중독된 걸 알아차리면 곧바로 도망칠 거라 생각했는데 예상외로군."

"도망이 뭔데? 아, 네가 잘할 것 같아 보이는 그걸 말하는 건가?"

히죽 웃으며 비꼬는 단엽의 말에도 신욱은 전혀 흔들림 없는 표정이었다. 그런 그를 향해 단엽이 말을 이었다.

"혼자는 아닌 것 같고. 뒤쪽에 있는 녀석들도 이만 나오라고 하지 그래? 아무래도 보통 독은 아닌 것 같으니 한 번에 끝내 버리고 싶은데."

아까까지만 해도 알아챌 수 없었던 인기척들을 이제는 느낄 수 있었다.

아마도 단엽이 독을 먹기 전까지는 이곳과 엄청 멀리 떨어진 곳에서 숨을 죽이고 있었던 모양이다. 그가 알아차리지 못하도록.

이제 독에 중독도 당했고 우두머리인 신욱이 이렇게 모습을 드러내기까지 한 상황이다 보니 더는 멀리에 있을 이유가 사라졌다 여긴 듯싶었다.

신욱이 손을 들어 올리자 나머지 이들 또한 모습을 드러냈다.

그리고 그 숫자는 무려 오십여 명에 달했다.

마치 나무처럼 빼곡히 주변을 에워싼 그들을 둘러보며 단엽은 자신의 주먹을 어루만졌다.

"많이들도 오셨네."

"상대가 상대니까."

단엽, 나이는 어리지만 대홍련의 부련주이자 떠오르고 있는 사파의 가장 빛나는 별.

현 무림의 최고수인 우내이십일성을 위협할 수준에 다다랐다는 평까지 있는 그를 상대하는 데에는 당연히 신중할 수밖에 없었다.

신욱의 말에 단엽이 비웃듯 말했다.

"내가 누군지 알면서 고작 이 정도 데리고 온 거라면 실망인데."

"평소였다면 실패했을지도 모르지. 하지만…… 지금은 가능해."

말과 함께 신욱은 여전히 단엽의 손에 들려 있는 수통을 가리켰다. 그가 말하고자 하는 것이 그 안에 담긴 독이라는 걸 눈치챈 단엽은 수통을 바닥에 툭 내던졌다.

모습을 드러낸 정체불명의 상대가 한 말대로 이 독은 보통의 것은 아니었다.

시간이 갈수록 몸 안에 억누르고 있는 독기를 감당하기 어려울 것은 자명한 사실.

더 힘들어지기 전에 이 싸움을 끝내야 했다.

그것도 최대한 내상을 입지 않으면서 말이다.

단엽은 곧바로 양손에 권갑을 채웠다.

찰칵.

상황은 좋지 않았지만, 여전히 자신감 가득한 얼굴이었다.

"가능한지 어떤지는 날 눕혀 놓고 떠들라고."

그 순간 신욱은 뒤편에서 다가오는 구마대의 수하들을 향해 나지막이 명령을 내렸다.

"죽여."

명령과 함께 주변을 에워싸고 있던 신욱의 수하들이 동시에 달려들었다.

오십여 명에 달하는 무인들이 순식간에 단엽을 에워싼 채로 공격을 퍼붓기 시작했다.

파앙 팡!

가장 먼저 날아든 것은 수십 개의 비수들이었다.

단엽은 코웃음을 치며 주먹을 내려찍었다.

쿠웅!

진동과 함께 주변으로 무형의 기운이 밀려 나갔다. 그 무형의 기운은 방패가 되어 날아드는 비수들을 모두 밀쳐 냈다.

그리고 그 안에서 꿈틀거리던 단엽의 주먹에서 권기가 쏟아져 나왔다.

파아앙!

한 곳을 노리고 날아드는 권기.

기운을 집중한 탓에 그 파괴력은 상상 이상이었다. 앞을 막고 있던 나무들을 모두 박살 내며 날아드는 권기는 사람의 몸마저 으깨 버릴 정도로 맹렬했다.

하지만 단엽을 죽이기 위해 이곳으로 온 구마대 또한 그리 만만한 이들은 아니었다. 그런 그들이 쉽사리 당할 리가 없었다.

그들은 곧바로 주변으로 산개하며 그 공격을 피해 냈다.

최소 일류 이상의 무인들로 구성된 단체.

게다가 이곳에 온 이들은 특별히 선별된 인원들이었다.

당소련을 죽이려다가 천무진과 백아린의 손에 막힌 그들 또한 구마대의 무인들이었다. 하지만 그들과 이곳에 있는 이들은 질적으로 달랐다.

개개인의 실력 차도 컸지만 가장 큰 하나의 차이.

대주 신욱의 존재였다.

그는 이곳에 있는 수하들 모두를 합한 것보다 강했다.

수하들을 향해 재차 권기를 날리려는 단엽을 향해 신욱이 달려들고 있었다.

그의 손에 들린 창이 기기묘묘하게 휘어지며 단엽을 공격해 들어갔다.

단엽은 서둘러 권갑을 낀 주먹으로 창을 막아 냈다.

카앙!

막아 냄과 동시에 창은 마치 팔목을 타고 오르는 뱀이라도 된 것처럼 파고들었다.

단엽은 뒤로 물러서며 서둘러 양손으로 그 창의 날을 받아 내야만 했다. 그리고 그 순간 뒤편에서 수하 몇 명이 치고 들어왔다.

스윽.

아래로 밀려드는 검을 단엽은 반대편 주먹으로 쳐 냈다.

동시에 주먹이 상대의 안면에 틀어박혔다.

피를 흩뿌리며 날아가는 그자의 뒤편에서 또 다른 자가 날아올랐다.

"하압!"

전면에서 계속해 공격을 퍼부어 대는 신욱의 창을 막아 내는 와중에서도 단엽은 주먹을 올려 쳤다.

권갑에서 터져 나간 권기가 상대의 가슴에 틀어박혔다.

허공에서 균형을 잃으며 상대는 그대로 곤두박질쳤다. 몸을 비틀며 떨어지는 자를 피해 낸 단엽은 곧바로 신욱을 향해 연달아 주먹을 휘몰아쳤다.

파파팡!

순간 신욱의 창에 맺힌 기운이 앞으로 쏘아져 나왔다.

단엽이 어깨를 옆으로 트는 것과 동시에 아슬아슬하게 스쳐 지나간 옷 부분이 터져 나갔다.

그런 그에게 화가 난 듯 단엽이 달려들려고 할 때였다.

옆과 뒤에서 밀려드는 구마대의 무인들, 동시에 신욱이 뒤로 슬쩍 물러나자 정면으로도 몇 명이나 더 되는 놈들이 달려들었다.

"귀찮게 하지 말라고!"

버럭 소리를 내지르는 것과 동시에 단엽이 양 주먹을 강하게 내리찍었다.

달려들던 무인들이 밀려 나가는 그 찰나, 그들의 틈 사이에서 하얀 섬광이 일었다.

그게 뭔지 확인도 하기 전에 단엽은 직감적으로 팔을 들어 그것을 막아 냈다.

신욱의 창이 수하들의 옆구리 사이의 빈틈을 이용해 찌르고 들어온 것이다. 조금만 늦었다면 치명상이 되었을지도 모르는 공격.

일부러 수하들을 가림막 삼아 공격을 가했던 신욱은 그 일격을 막아 낸 단엽의 모습에 놀란 듯한 눈치였다.

하지만 이내 신욱은 추가 공격 없이 수하들의 뒤편으로 다시금 모습을 감췄다.

단엽이 버럭 소리쳤다.

"또 어딜 도망가!"

하지만 신욱을 잡기도 전에 이미 그 자리는 구마대의 무인들이 가로막은 상태였다.

그들은 재차 단엽을 향해 각자의 무기를 휘두르기 시작했다.

양손을 바삐 움직이며 단엽은 주변에서 몰려드는 수십여 개의 병기들을 쳐 내야만 했다.

숨 쉴 틈 없이 몰아치는 공격.

그 와중에도 단엽은 가까이 있는 자의 목을 비틀어 버렸다. 그리고 곧바로 그쪽으로 다가가며 주먹으로 뒤편에 있는 자의 어깨를 내리찍었다.

꽈드득.

기괴한 소리와 함께 신체가 무너져 내렸다.

그의 힘을 견디지 못한 이가 쓰러지려는 찰나 단엽이 그대로 상대의 발목을 잡아챘다. 그리고 이내 그를 잡고 힘껏 돌리기 시작했다.

"으리야아압!"

그렇게 주변에 있는 이들을 밀어낸 단엽은 곧바로 그자를 한쪽으로 내던졌다. 그러고는 곧바로 던져진 자로 인해 시야가 가려진 그쪽으로 힘껏 땅을 박차고 날아올랐다.

누군가가 다급히 소리쳤다.

"피해!"

하지만 이미 늦었다.

하늘로 솟구친 단엽의 주먹에서 붉은 기운이 넘실거렸고, 곧바로 아래에 있는 이들을 향해 내뻗어졌다.

단엽의 무공 열화신공이 펼쳐진 것이다.

화악!

커다란 화마가 그들을 집어삼켰다.

"으아악!"

비명이 귓가를 때리는 그 순간 뒤편에서 밀려드는 싸늘한 기운을 느낀 단엽이 다급히 몸을 돌렸다. 그곳에서는 창을 곧추세운 채로 날아들고 있는 신욱이 있었다.

하지만 이건 그저 단순한 찌르기가 아니었다.

주변의 모든 것들을 가르며 날아드는 찌르기.

창에 얼마나 막대한 기운이 담겼는지를 말해 주려는 것처럼 그가 달려드는 주변에 있는 모든 것들이 마치 태풍에 휩쓸린 것처럼 밀려 나갔다.

단엽은 맨주먹으로 받아 낼 수 없다는 걸 직감했다.

막 열화신공을 쏟아 낸 상황이었지만 그는 다급히 내공을 끌어 올렸다. 그러고는 가까스로 날아드는 창에 주먹이 맞닿으려는 찰나 손을 보호하듯 불꽃이 피어올랐다.

두 개의 힘이 충돌했다.

쾅!

묵직한 소리와 함께 허공에서 멈추어 선 주먹과 창. 동시에 주변으로 커다란 바람이 불어닥쳤다. 뜨거운 열기가 퍼져 나가며 일순 주변을 후끈거리게 만들었다.

단엽이 이를 꽉 깨물었다.

"이 자식이……."

말과 함께 입가에서 주르륵 피가 흘러내렸다.

급하게 내공을 쥐어짜면서 속이 뒤틀린 것이다. 평소였다면 큰 문제 없었겠지만…….

울컥.

재차 단엽이 피를 쏟아 냈다.

억지로 누르고 있던 독 기운이 갑자기 치고 올라온 탓이다. 내상을 입게 되면서 몸 안에 눌려 있던 독기가 기다렸다는 듯 날뛰기 시작한 것이다.

서둘러 내공을 이용해 상태를 진정시키긴 했지만, 안색은 아까보다 하얗게 변해 있었다.

허나 단엽은 그 와중에도 계속해서 내공을 쏟아 내며 밀어붙이려는 신욱의 힘에 밀리지 않고 단단히 버티고 섰다.

일말의 흔들림도 없이 오히려 조금씩 회복해 나가는 그의 모습에 신욱은 절로 고개를 끄덕일 수밖에 없었다.

"다음 시대의 사파를 이끌 최고의 재목이라는 말이 허언은 아니군. 독에 중독당한 상태에서 이 정도의 내공을 끌어낼 줄은 몰랐거든."

"칭찬은…… 네놈 목을 비튼 이후에 들으마!"

말과 함께 단엽이 주먹에 힘을 쏟아 내며 그를 밀쳐 냈다.

동시에 그의 주먹에서 재차 불꽃이 휘몰아치기 시작했다.

주변의 모든 걸 태울 것 같은 뜨거운 열기가 치솟았고, 동시에 온몸의 근육들 또한 꿈틀거렸다.

손바닥 안에서 폭발하듯 터져 나간 불꽃이 두 개의 회오리로 변했다.

천무진에게 펼쳤던 초식인 열화무쌍이었다.

"흐아아압!"

단엽의 손을 떠난 두 개의 회오리가 하나가 되며 주변을 뒤흔들었다.

천무진에게 펼쳤을 때만큼 위력적이진 못했지만 그럼에도 불구하고 마주하는 것만으로 온몸의 털이 곤두서게 만들 정도의 박력이었다.

위험하다는 걸 직감한 신욱은 재빠르게 뒤로 물러나며 창을 움직였다.

주변으로 퍼져 나간 불꽃의 회오리들이 사방을 뒤덮었다.

콰콰콰쾅!

폭발과 함께 모든 것들이 붉게 변했다는 생각이 드는 찰나…….

불꽃 사이에서 하얀 섬광이 재차 움직이고 있었다.

쒜엑!

창이 일직선으로 날아들며 뒤편에 있는 구마대의 무인들을 때려눕히고 있던 단엽의 심장을 노렸다.

그는 서둘러 주먹으로 날아드는 창을 올려 쳤다.

가까스로 방향을 바꾸는 데는 성공했지만 찌르고 들어온 신욱의 창은 결국 단엽의 어깨를 스쳐 지나갔다.

"크!"

어깨를 움켜쥔 채로 단엽이 뒤로 두어 걸음 물러났다. 가볍게 베인 정도가 아니라 창의 날이 손가락 한마디 가까이 살을 비집고 들어온 것이다.

재차 독기가 밀려드는 걸 채 누르기도 전에 쉴 틈을 주지 않겠다는 듯 신욱이 달려들었다.

이번엔 복부를 노리고 날아드는 창을 단엽이 이를 악물고 쳐 냈다.

동시에 비어 있는 신욱의 안면에 정확하게 주먹을 꽂아 넣었다.

쾅!

머리가 휙 돌아갈 정도의 충격, 하지만 당한 건 신욱뿐만이 아니었다.

그 와중에 그가 창의 뒷부분으로 단엽의 복부를 친 것이다.

주춤 뒤로 밀려 나간 단엽의 뒤로 구마대의 무인들이 치고 들어왔다.

"으아아!"

단엽이 주먹으로 달려드는 상대들의 얼굴을 연달아 내리쳤다.

순식간에 다섯 명의 무인들을 바닥에 처박아 버렸지만 단엽 또한 피해를 입을 수밖에 없었다.

그는 부상을 당한 어깨 아랫부분을 다시 한 번 베였고, 허벅지 옆 부분에도 자그마한 상처를 입고야 만 것이다.

내상을 입으며 들끓는 독을 내리누르면서 수십여 명의 무인들이 연달아 휘몰아치는 공격을 이 정도로 막아 낸 것만 해도 기적이었다.

그리고 채 호흡을 가다듬기도 전에 다시금 신욱의 창이 움직였다.

카앙!

단엽은 권갑의 손등 부분으로 창을 밀어냄과 동시에 왼손으로 비어 있는 신욱의 어깨 부분을 움켜쥐었다.

손바닥에서 터져 나온 기운, 열화폭뢰의 초식이 펼쳐지며 어깨의 살점과 피가 터져 나갔다.

"으음!"

고통을 꽉 누르며 신욱은 오히려 어깨를 움켜쥔 단엽의 손목을 잡아챘다.

그가 곧바로 소리쳤다.

"지금이다!"

이렇게 독에 중독당한 상황에서도 구마대의 많은 무인들을 죽인 위험한 자다. 거기다 멀쩡한 자신조차 조금 밀리고 있으니, 더는 날뛰기 어렵게 치명상을 입혀야만 했다.

그리고 지금이 기회였다.

단엽이 움직이기 어렵게 된 상황에서 여러 방면으로 수하들이 달려들었다.

그들의 무기가 빠르게 단엽을 치고 들어갔다.

"큭!"

단엽은 짧은 소리와 함께 이를 악물었다.

한쪽 손은 이미 신욱에게 잡혀 있는 상태, 뿌리치려고 하면 할 순 있겠지만 그때는 이미 저들의 공격이 지척에 다다른 뒤일 것이다.

그리고 운 좋게 그걸 막아 낸다 해도 비어 있는 신욱의 손이 가만있지는 않을 터.

창을 막고 있는 손을 움직여도 상황은 크게 다르지 않을 것이다. 그런 지금 할 수 있는 건 결국 내공을 폭발시키는 것.

물론 그 이후에 독기가 재차 밀려들겠지만 지금 할 수 있는 건 그게 최선이었다.

"크아압!"

단엽이 신욱을 향해 내력을 쏟아 내는 와중에도 힘을 분산하며 주변으로 열화신공을 쏟아 냈다. 덕분에 밀려들던 이들과 신욱이 덩달아 밀려 나갔지만, 그 대가는 컸다.

단엽이 한쪽 무릎을 땅에 댄 채로 무너지듯 주저앉았다.

"헉헉."

억눌러 놨던 독기가 재차 밀려들며 입에서 연달아 피가 흘러내렸다.

도대체 이 독의 정체가 무엇인지는 모르겠지만 대단한 것임은 분명했다. 지금 완벽히 단엽의 발목을 잡고 있었으니까.

보통의 독이었다면 단엽이 조금만 내공을 움직여도 이미 바깥으로 배출되었을 테지만, 이건 몸 안에 웅크린 채로 자신을 잡아먹을 기회만 엿보고 있었다.

'……젠장, 정말 좋지 않은데.'

단엽은 뒤틀린 속이 아픈지 가슴을 움켜쥐고 힘겹게 몸을 일으켜 세웠다.

처음 나타났던 오십여 명 중에 남아 있는 이들은 고작 스무 명 정도. 순식간에 서른 명을 쓰러트렸지만, 문제는 지금부터였다.

이들을 모두 쓰러트린다 해도 눈앞에 창을 들고 있는 저 사내를 꺾지 못한다면 결국 죽게 될 것이다.

문제는 저자가 지금처럼 내공을 자제하면서 싸워서는 이길 상대가 아니라는 거다.

"하아, 하아."

단엽은 거칠게 숨을 몰아쉬었다.

얼마 전부터 재수가 없더라니, 결국은 이렇게 되려는 운명이었던 모양이다.

단엽은 주먹을 꽉 쥐었다.

방금 전까지의 독기 어린 표정이 점점 사라지더니 이내 그의 얼굴이 평온해졌다.

표정이 돌변한 걸 보며 신욱이 입을 열었다.

"뭐야, 그 표정은? 포기라도 한 건가?"

"반은 맞는 소리네."

"그게 무슨 소리지?"

이해가 안 간다는 듯 되묻는 신욱을 향해 단엽이 퉁명스레 대답했다.

"무슨 소리긴. 포기를 한 건 이 싸움이 아니라, 내 목숨이라는 소리다."

말과 함께 단엽의 몸에서 폭발하듯 열기가 뿜어져 나왔다. 독기를 내리누르기 위해 나눠 놨던 내공 모두를 쏟아내기로 결정한 것이다.

그런 단엽의 모습에 신욱이 당황한 듯 말했다.

"미쳤군. 이미 독으로 엉망인 상황에서 지금처럼 내력을 모두 뿜어낸다는 건 곧 죽겠다는……."

"맞아, 그거야."

단엽은 손등으로 피가 흐르는 입가를 닦아 냈다.

그러고는 이내 살기를 풀풀 풍겨 대며 말을 이었다.

"난 지는 게 죽기보다 싫거든."

어차피 이 싸움이 길어지면 결론은 하나다.

독기를 내리누르며 싸워서는 절대 저자를 이길 수 없다. 그렇다면 어차피 죽게 될 상황, 굳이 살기 위해 힘을 아껴야 할 이유가 없지 않은가.

어차피 죽게 될 것이라면…… 차라리 화끈하게 싸우고 자신을 노렸던 모두를 길동무 삼아 가는 것이 바로 단엽이라는 사내의 방식이었다.

이제부터는 시간과의 싸움이었다.

자신이 먼저 저들을 다 때려죽일지, 아니면 독이 먼저 자신을 집어삼킬지.

단엽이 주먹을 움켜쥔 채로 그들을 박살 내기 위해 걸음을 옮기는 바로 그때였다.

"휘유, 이게 대체 뭡니까? 근처에 온천이라도 있나. 후끈후끈하네."

옆에서 들려오는 목소리에 단엽은 물론이거니와 신욱과 구마대의 모든 무인들의 시선이 그쪽으로 향했다.

피비린내 가득한 싸움터에 모습을 드러낸 중년의 사내, 그런데 그의 얼굴은 이런 장소에 어울리지 않게 일말의 긴장감조차 느껴지지 않았다.

한천이었다.

그가 덥다는 듯 옷깃을 펄럭거리며 다가왔다.

한천을 알아본 단엽이 버럭 소리쳤다.

"어이! 아저씨! 당신이 낄 자리가 아냐! 도움도 안 되는데 괜히 쓸데없이 죽지 말고 빠져!"

단엽은 지금 나타난 한천이 도움이 될 거라고는 전혀 생각하지 않았다.

그랬기에 쓸데없이 죽지 말고 빠지라고 소리친 것이다.

단엽의 고함에 한천이 갸웃하며 말을 받았다.

"어라? 벌써 잊으셨습니까? 제가 말했잖습니까."

검집을 아래로 내린 한천이 엄지로 검의 손잡이를 슬며시 밀어 올렸다.

스르릉.

검날의 일부만 빼낸 그 상태에서 한천의 눈초리가 가늘게 휘어졌다. 웃고 있는 눈동자, 그리고 여전히 여유 가득한 그 표정.

한천이 입을 열었다.

"……엄청난 고수 백 명과 싸워서 이겼다고."

슬며시 열리는 그의 눈동자가 스산하게 빛났다.

6장. 실력 발휘 —
뭐 하는 사람이야

'저놈은 뭐지?'

신욱은 자신과 수하들을 향해 다가오는 한천을 보며 의아할 수밖에 없었다.

주변을 둘러봐도 다른 이들의 모습은 보이지 않는 상황, 그렇다면 지금 홀로 단엽을 돕겠다는 것으로 보이는데…….

그 순간 다가오던 한천의 손가락이 검 손잡이를 끝까지 밀어냈다.

타악.

솟구쳐 오른 검을 가볍게 쥔 그를 보며 신욱은 고개를 갸웃했다.

'좌수검?'

오른손으로 검을 사용하는 걸 우수검, 왼손으로 사용하는 걸 좌수검이라 칭한다. 이 넓은 무림에 좌수검을 사용하는 이는 당연히 존재한다.

허나 좌수검을 사용하는 이는 그리 많지 않았다.

그 이유는 바로 무공 때문이다.

단순히 왼손잡이니까 왼손으로 검을 쓰면 되는 거 아니냐는 개념으로 접근한다면 그건 큰 오산이다. 대부분의 검법은 오른손으로 사용하는 걸 기반으로 만들어진다.

내공의 흐름과 검로 자체가 그에 맞춰져 있다는 소리다.

종종 좌수검법이 있긴 하지만 극히 한정적이고 무림에 알려져 있는 대부분의 절정 무공들 또한 오른손을 기반으로 맞춰져 있다.

상황이 이렇다 보니 설령 왼손잡이라 할지라도 검법은 오른손으로 배우며 양손잡이에 가깝게 변하는 것이 현실.

그럼에도 불구하고 좌수검을 쓴다는 건 둘 중 하나일 확률이 크다.

특이한 좌수검법을 익혔거나, 아니면 애매한 실력자거나.

하지만 단엽이 도움도 안 된다며 빠지라고 고함친 걸 보아하니 자신들에게 위협이 될 만한 자라고는 전혀 생각이 들지 않았다.

신욱은 한천이 다가오는 길목 쪽에 있는 수하들을 향해 짧게 명령을 내렸다.

"귀찮은 일 생기지 않게 지금 처리해."

"넵, 대주님."

말과 함께 한천과 가까운 쪽에 있는 아홉 명의 구마대 무인들이 그를 향해 몸을 돌렸다. 한천이 자신을 향해 살기를 뿜어내는 그들을 향해 아랑곳하지 않고 다가설 때였다.

단엽이 다급히 소리쳤다.

"아저씨! 가라고!"

수십여 일을 함께하면서도 딱히 친분은 없던 사이. 그리 친한 관계는 아니지만 다른 누군가가 자신 때문에 죽는 건 원치 않았다.

허나 들리지 않는다는 듯 한천은 걸음을 옮겼고, 결국 구마대의 무인들이 그를 향해 몸을 날렸다.

파라락!

십여 명의 무인들이 솟구치는 걸 본 순간 단엽이 주먹을 꽉 쥐며 그쪽을 향해 몸을 돌렸다.

"멍청한 자식이! 개죽음……."

단엽의 몸이 막 그들을 향해 치솟으려는 그때였다.

달려드는 적들 사이로 한 걸음 내딛는 한천의 모습을 보는 순간 그쪽으로 움직이려던 단엽이 움찔했다.

보고야 만 것이다.

그 한 걸음에 담긴 의미를.

떨어지는 많은 무기들을 향해 오히려 몸을 들이미는 그 걸음걸이는 마치 자살이라도 하려는 것처럼 보였지만, 그것은 오산이었다.

손에 들린 검이 움직였다.

순간…….

쿵쿵쿵.

하늘로 솟구쳐 올랐던 구마대의 무인들이 실 끊어진 인형처럼 바닥으로 우수수 떨어져 내렸다. 아홉 명 중에 절반이 넘는 다섯은 그대로 곤두박질쳤고, 나머지 네 명 또한 비켜 나간 공격에 가까스로 목숨만 건질 수 있었다.

그 모습을 멍하니 보고 있던 단엽은 어느새 자신의 팔을 내려다보고 있었다.

오싹.

소름이 돋았다.

옷으로 가려져 있어 눈으로 확인하지 못해도, 팔 전체에 닭살이 돋아 있다는 걸 느낄 수 있었다.

저건 배운다고 해서 할 수 있는 움직임이 아니다.

생과 사의 갈래를 수도 없이 겪어 본 자만이 도달할 수 있는 경지. 놀랍게도 한천은 그러한 걸 보여 준 것이다.

거기에 빛처럼 빠르게 사이사이를 파고드는 검의 움직임까지.

'……저런 자가 고작 적화신루의 부총관이라고?'

적화신루에서 부총관이라는 직위는 그렇게 높은 직책이 아니었다.

총관만 해도 여럿이고, 그들에게 당연히 주어지는 부총관들.

단순히 적화신루에서만 봐도 서열 삼십 위 정도 되는 자라는 소리다.

헌데 지금 보여 준 저 움직임은 고작 그 정도 수준의 무인이 보여 줄 수 있는 것이 아니었다.

그때 한천이 입을 열었다.

"운 좋은 줄 알라고. 내 오른손이 멀쩡했으면 살아서 바닥을 딛고 선 녀석은 없었을 테니까."

단엽은 한천이 항상 입버릇처럼 떠들어 대던 그 말을 다시금 떠올렸다.

엄청난 고수 백 명과 싸우다가 오른손을 다쳤다는 그 말. 당연히 그걸 진담이라 생각해 본 적은 없었고, 언제나 흘려들었던 그다.

허나 이제는 아니었다.

'그 말이…… 진짜였어?'

단엽의 놀람은 컸지만, 그보다 더 당황한 건 역시나 신욱이었다. 수하들에게 명령을 내리고 곧장 단엽을 향해 시선을 돌렸던 그다.

당연히 수하들이 어떻게 당했는지 눈으로 보지 못했고, 바닥과 충돌하는 소리를 듣고서야 뭔가 이상하다는 걸 알아차렸다.

뒤늦게 달려든 수하들의 절반이 죽었고, 나머지들도 새하얗게 질린 얼굴로 서 있는 것을 보고서야 신욱은 자신의 계산이 틀렸다는 걸 알 수 있었다.

"……뭐야, 이건?"

믿을 수 없는 현실에 그가 중얼거렸다.

한천이 검을 비스듬히 든 채로 입을 열었다.

"단 소협, 몸도 안 좋아 보이는데 그냥 쉬실래요?"

자신을 향해 말을 걸어오는 한천의 목소리에 단엽은 퍼뜩 정신을 차렸다.

그러고는 이내 고개를 저었다.

"무슨 헛소리야. 아무리 독에 중독되었어도 이놈은 내가 죽여."

마주하고 있는 신욱을 바라보며 단엽이 살기를 터트렸

고, 한천은 그럴 줄 알았다는 듯 고개를 끄덕였다.

"뭐, 그럽시다. 그럼 나머지 놈들은 제가 처리하죠. 상태가 안 좋아 보이시는데 빨리 못 끝내시면 그때는 허락 안 받고 끼어듭니다."

"……마음대로."

단엽 또한 알고 있었다.

지금 자신의 몸 상태가 좋지 못하다는 것 정도는.

아마 몇 번 손속을 나누는 것 정도가 지금 단엽이 할 수 있는 최선일 것이다. 사실 몸 상태로 봤을 때는 빠져서 한천에게 뒤를 맡기는 것이 최선이었지만…… 그건 단엽의 자존심이 용납지 않았다.

아직까지 죽어 나자빠진 수하들을 보며 당황스러운 표정을 감추지 못하고 있는 신욱을 향해 단엽이 집중하라는 듯 바닥을 강하게 밟았다.

쿠웅!

지진이 난 것 같은 커다란 소리가 주변으로 퍼져 나갔다.

동시에 신욱의 시선이 다시 단엽에게로 돌아왔다.

단엽이 그를 향해 히죽 웃어 보이며 말했다.

"어이, 네 상대는 나라고. 어딜 쳐다보고 있는 거야?"

"……."

신욱은 이를 악문 채로 창을 들어 올렸다.

단엽의 말대로였다. 갑자기 나타난 정체불명의 인물이 보여 준 무위에 당황을 금하기 어려웠지만 지금 자신이 할 수 있는 최선의 선택은 바로 눈앞에 있는 상대부터 쓰러트리는 것이었다.

독에 중독되어 오래 버티지 못하는 단엽을 쓰러트린다. 지금 나타난 자의 처리는 그 후의 문제였다.

"아까까지만 해도 잔뜩 신이 나 있더니 지금은 왜 이렇게 울상이야?"

놀리는 듯한 말과 함께 단엽의 주먹으로 붉은 기운이 밀려들기 시작했다. 내공을 끌어올림과 동시에 다시금 기혈이 들끓었고, 입을 통해 피가 주르륵 흘러내렸다.

허나 그런 상황에도 단엽은 아랑곳하지 않고 두 주먹에 힘을 불어 넣었다.

"간다!"

고함과 함께 단엽이 달려들었다.

그의 주먹에 맺힌 붉은 권기가 사방으로 요동치기 시작했다.

파바박!

밀려드는 뜨거운 열기.

신욱은 창을 곧추세운 채로 쏟아지는 권기를 향해 달려들었다.

빛에 휩싸인 그의 창이 붉은 권기를 갈가리 찢어발겼다.

쿠쿠쿵!

충격음과 함께 주변으로 먼지가 팍하고 밀려 나갔다. 그리고 그 순간 뒤편에 있던 구마대의 무인들 몇 명이 단엽의 뒤를 노리고 달려들었다.

허나 그들의 몸이 단엽이 있는 곳에 채 도달하기도 전이었다.

스윽.

귀신처럼 나타난 한천의 검이 그들의 몸을 반으로 갈라 버렸다.

촤악!

피가 터져 나감과 동시에 주변에 있는 다른 이들의 움직일 길목까지 막아선 한천이 곧바로 검을 좌우로 흔들었다.

단엽을 향해 날아들던 비수들이 순식간에 떨어져 나갔다.

그 모습을 곁눈질로 확인한 단엽은 자신도 모르게 씩 웃었다.

뒤는 신경 쓸 필요는 없다.

그의 모든 신경이 온전히 자신이 목표로 하는 단 한 명, 신욱에게로 향했다.

독에 중독당하고도 구마대의 무인 전원과 신욱의 공격을

받아 내던 단엽이다. 그랬던 그가 자유를 얻고 모든 걸 한 명에게로 집중시킬 수 있었으니 그 파괴력은 아까에 비할 수 없었다.

달려드는 창을 응시하던 단엽의 주먹이 번개처럼 움직였다.

"어딜!"

슬쩍 변화를 보이며 목을 향해 날아드는 창날을 쳐 낸 단엽은 곧장 반대편 주먹을 움직였다. 주변으로 권기가 거미줄처럼 퍼져 나갔다.

파파팍!

황급히 창으로 원을 그리며 뒤로 밀려 나가던 신욱의 중앙으로 단엽의 주먹이 날아들었다.

퍼엉!

터져 나가는 소리와 함께 신욱의 몸이 허공으로 치솟아 올랐다. 그리고 밀려 나가는 그에게 단엽의 몸이 성난 파도처럼 다가가고 있었다.

'젠장!'

신욱은 허공에서 날아드는 단엽의 주먹을 보며 서둘러 창을 움직였다.

획획.

가벼워 보이는 움직임이었지만 그 파괴력은 엄청났다.

콰콰쾅!

마치 유성우가 떨어지는 것처럼 수십 개의 기운이 창에서 쏟아져 나갔다. 덩달아 아래쪽은 엉망이 되어 터져 나갔다.

허나 허공으로 함께 솟구쳐 오른 단엽은 물러서지 않았다. 한쪽 손으로 얼굴을 가린 채 호신강기를 불러일으킨 그는 쏟아지는 공격을 받아 냄과 동시에 거리를 더욱 좁혀 냈다.

파앙!

복부에 틀어박히는 일격, 하지만 그게 끝이 아니었다. 밀려 나가려는 신욱의 몸을 단엽이 잡아챈 것이다. 허공에서 붕 뜬 상태로 상대를 잡아챈 단엽, 피할 곳은 없었다.

씩 웃는 단엽의 눈을 마주하는 순간 신욱은 어떻게든 빠져나가기 위해 발로 그를 밀어냈다. 허나 이미 움직이기 시작한 단엽의 내공이 손을 통해 뿜어져 나갔다.

아까 전 신욱에게 타격을 입혔던 열화폭뢰의 초식이 다시금 펼쳐졌다.

퍼엉!

폭음과 함께 이번엔 신욱의 가슴 부분이 터져 나갔다. 폭발이 일자 둘의 몸이 반대편으로 밀려 나갔다. 단엽은 그대로 바닥으로 곤두박질쳤고, 신욱은 보다 높게 치솟았다가 이내 땅에 처박혔다.

먼저 내려선 단엽이 거칠게 자신의 가슴을 움켜쥐고 숨을 몰아쉬었다.

"허억, 헉."

동시에 입에선 검은 피가 울컥 쏟아져 나왔다.

새카만 피를 토해 낸 그가 소매로 입을 닦아 내며 앞을 응시했다. 뒤늦게 바닥으로 떨어진 신욱이 힘겹게 일어서고 있었다.

"으으으."

고통에 찬 목소리, 그는 자신의 창을 지팡이 삼아 간신히 몸을 일으켜 세우고 있었다. 가슴 부분의 살점이 터져 나가며 피가 연신 쏟아져 나왔다.

신욱이 버럭 소리를 내질렀다.

"구마대! 표적의 상태가 좋지 않으니 지금 당장에 저놈부터……!"

명령을 내리던 신욱은 들려오지 않는 반응에 뭔가 이상하다는 생각이 들었는지 천천히 주변을 둘러보기 시작했다.

치명상을 입으며 반쯤 감긴 눈, 그렇지만 그 좁은 시야로도 주변 상황을 파악하는 건 충분히 가능했다.

나자빠져 있는 수하들.

자신이 데리고 왔던 그 많은 인원들 모두가 바닥에 쓰러져 있었다. 그리고 그 시체들 사이에 오롯이 서 있는 한 사내.

한천이다.

검에 묻은 피를 툭툭 털어 낸 그가 자신을 바라보고 있었다.

그리고 그 순간, 같이 바닥으로 떨어져 내렸던 단엽이 몸을 일으켜 세우며 자신을 향해 걸음을 옮기기 시작했다.

피를 토해 냈고, 안색 또한 좋지 못했지만, 이 싸움의 승패는 이미 정해진 것이나 다름없었다.

신욱이 이를 악물었다.

어차피 자신이 살아서 나갈 방도는 없다.

그렇다면…….

신욱이 손에 쥔 창을 강하게 움켜쥐었다. 그가 순간적으로 남은 모든 내력을 쥐어짜며 냅다 창을 집어던졌다.

파앙!

창은 정확하게 단엽의 미간을 노리고 날아들었다. 순식간에 창이 지척까지 다다랐지만 단엽은 눈 하나 깜짝하지 않았다.

그의 손이 날아드는 창을 잡아챘다.

타악.

내공이 실린 공격이었기에 몸이 절로 뒤로 밀려 나가고, 발목까지 땅에 파묻힐 정도로 그 힘은 무시무시했다.

허나 그 와중에도 단엽은 손에 쥔 창을 놓지 않고 끝까지 버티고 서 있었다. 권갑과 창 사이에서 하얀 연기가 피어올랐다.

주르륵.

내공을 끌어올린 탓에 재차 피가 터져 나왔지만…….

콰드득.

단엽은 멈추지 않았고, 결국 손에 잡혀 있던 창이 부러지며 바닥으로 떨어져 내렸다.

창을 부러트린 단엽이 신욱에게 성큼성큼 다가서며 주먹을 치켜들었다. 그의 주먹이 하늘을 가린다는 생각이 들 그 무렵.

단엽이 치켜든 주먹을 움직이며 입을 열었다.

"까불지 말라고 이 자식아."

쾅!

떨어져 내린 주먹이 정확하게 신욱의 얼굴을 후려쳤고, 그의 몸은 그대로 뒤로 날아가 처박혔다.

굳이 살아 있는지 확인할 필요도 없었다.

즉사다.

비틀거리는 단엽을 향해 한천이 서둘러 달려왔다. 그러고는 쓰러지려는 그를 부축했다.

"하아, 하아."

가까이서 본 단엽의 상태는 생각보다 더 좋지 못했다.

온몸 곳곳에 침투한 독 기운이 그를 점점 더 고통스럽게 만들었으니까.

새하얗게 변해 있는 단엽의 얼굴을 보며 한천은 지금 그의 상태가 얼마나 좋지 않은지 가늠할 수 있었다.

한천은 슬쩍 주변을 둘러봤다.

분명 자신이 쓰러트린 자들의 숫자도 많았지만 이미 이곳에 도착했을 무렵 반수가 넘게 죽어 있었다.

그 모든 걸 독에 중독된 이 몸으로 해냈다는 소리다.

'이 몸 상태로 이렇게 싸운 건가?'

실로 놀라지 않을 수 없는 투지다.

괜히 투견(鬪犬)이라 불리며 무림에서 이름을 날리는 건 아닌 듯싶었다.

몸 상태를 확인했지만 이건 자신들이 간단히 처리할 문제가 아니었다. 그랬기에 한천이 단엽을 부축한 채로 말했다.

"아무래도 이곳에서 치료할 수 있는 독은 아닌 듯하군요. 거처까지 돌아가야 할 것 같은데 버틸 수 있겠습니까?"

버틸 수 있냐는 질문에 단엽이 표정을 확 찡그리며 말했다.

"날 뭐로 보는 거야? 나 단엽이야. 대홍련 부련주 단엽."

여전히 투지 가득한 그 모습에 한천은 이런 상황에서도 실소가 흘러나왔다. 그가 알겠다는 듯 고개를 끄덕였다.

“그래요, 압니다. 아주 대단한 분이신 거. 뭐 버틸 수 있으시다니 그럼 가죠.”

단엽을 부축한 채로 한천이 걸음을 옮겼다. 그렇게 걸음을 옮기며 움직이던 도중 단엽이 입을 열었다.

“아저씨 뭐 하는 사람이야?”

“아시지 않습니까? 적화신루 부총관입니다.”

“그걸 몰라서 물을까. 적화신루 부총관이 보여 줄 무위가 아니잖아.”

“그건 그냥 궁금증으로 남겨 두죠. 원래 비밀이 많은 사내가 매력적인 법 아니겠습니까?”

능글맞은 목소리로 대답하는 한천의 모습을 보며 단엽은 못 말리겠다는 듯 고개를 좌우로 저었다.

한천에 대해 궁금한 게 많았지만 더 이상은 그의 개인사를 캐묻지 않기로 했다.

무림에 사는 수많은 사람들.

그 모두에게 각각 감추고 싶은 비밀 하나쯤은 있다는 걸 너무도 잘 알았으니까.

단엽이 퉁명스레 입을 열었다.

“어쨌든 덕분에 살았어. 고마워 아저…….”

평소처럼 아저씨라 부르려던 단엽이 잠시 말꼬리를 흐렸다. 생각해 보니 단 한 번이라도 이 사내의 이름을 제대로 불러 본 적이 있던가?

단엽이 자신의 뒷머리를 벅벅 긁었다.

뭔가 낯부끄럽긴 했지만…….

결국 그가 재차 입을 열어 말을 이었다.

"고마워, 한천."

생각지도 못한 그 한마디에 한천은 놀란 듯 눈을 동그랗게 뜨더니, 이내 웃으며 말을 받았다.

"거, 이제 이름 텄으니 나중에 술이나 한잔합시다."

"좋지. 바로 마실까?"

"성격 참 급하시네. 최소한 상처는 좀 낫고 마셔야 할 거 아닙니까."

한천이 기가 막힌다는 듯 말했다.

* * *

사천당문의 금지인 금장전에 드나든 이들의 이름이 적힌 장부.

몇 권이나 될 정도로 많은 양이었지만, 봐야 할 부분은 그리 많지 않았다.

수십 년 전부터의 기록이니 예전 건 넘어가고 가장 최근의 걸 살폈다.

대략 백 일 가까운 시간을 기준으로 보았을 때 금장전에 들어왔던 이는 단둘뿐이었다.

사천당문의 가주 당세종.

그리고 나머지 한 명은 숙부이자 현재 당소련과 대립 중인 당문추였다.

물론 그 이전으로 시간을 넓힌다면 드나든 이는 더 있긴 했지만 그래 봤자 고작 한 명이 더 추가되는 것뿐이고, 그 자가 금장전에 다녀간 건 무려 일 년도 더 된 일이었다.

상황이 이렇게 되니 용의자는 한 명으로 압축될 수밖에 없었다.

당문추, 바로 그자다.

병세가 약해져 누워 있는 당세종이 일을 꾸민다는 건 뭔가 석연치 않았기 때문이다.

거기다 현재 당문추는 사천당문에 욕심을 내고 있는 상황, 당연히 외부의 누군가와 손을 잡았다면 오늘내일하는 당세종보다는 그가 범인일 확률이 압도적으로 높았다.

장부에 적힌 이름을 확인한 당소련이 화를 참기 힘들었는지 부들부들 떨었다.

"가문의 사람들을 죽인 것이 숙부님이었다니……."

조금의 의심도 없었다면 그건 거짓말이리라.

당문추의 욕심 많은 성정을 알기에 이전에도 아주 잠깐

의심을 한 적이 있었다. 하지만 이내 당소련은 그건 아닐 거라며 애써 생각을 돌렸다.

제아무리 욕심 많은 숙부라도 가문의 사람들까지 죽이지는 않을 거라는 일말의 믿음이 있어서였다.

결정적으로 자신이 혈린만혼산의 정체를 알아내기 위해 의뢰를 맡겼던 당백은 당문추와 오랜 시간을 함께해 온 친형제와도 같은 자였다.

그런 당백을 당문추가 죽였을 리는 없다 여겼거늘…….

함께 장부를 살펴보던 백아린이 입을 열었다.

"이 장부의 내용대로라면 범인으로 의심되는 이는 당문추 하나뿐이에요."

그녀의 말을 들은 당소련이 고개를 끄덕이며 동조의 뜻을 내비쳤다.

"숙부를 막아야겠어요. 더 이상 가문에 피해가 가는 걸 두고 볼 순 없으니까요."

애초부터 반대편에 있었고, 계속해서 서로를 견제해 오던 관계. 허나 가족이었기에 어느 정도 예의를 지켰고, 또한 최대한 마찰을 피하기 위해 노력해 왔다.

허나 이제는 상황이 달라졌으니 더는 예전처럼 무르게 대하지 않을 것이다.

적의를 드러내는 당소련을 향해 백아린이 말했다.

"섣부르게 움직여선 안 돼요. 아쉽지만 이 정도로는 이 모든 일의 뒤에 그자가 있다는 걸 밝히기 어려워요."

당문추가 직접 혈린만혼산과 망혼초를 빼내 가는 걸 본 것도 아니고, 그 독을 이용해 뭔가를 했다는 결정적 증거도 없다.

확실하지 않은 물증과 자신들만이 가지고 있는 심증. 이것만으로 무너트리기에는 당문추가 지금 사천당문 내에서 가진 힘이 너무도 컸다.

보다 확실하게 그가 범인이라는 걸 확인해야 했고, 그걸 입증할 결정적인 증거도 얻어야만 했다.

당소련이 백아린을 향해 이야기를 꺼냈다.

"제가 단서를 찾기 위해 움직이면 숙부는 한동안 몸을 사릴 거예요. 그럼 꼬리를 잡는 것도 쉽지 않을 텐데……."

걱정스러운 듯한 그녀의 이야기를 듣고만 있던 백아린이 말을 받았다.

"이번 기회에 몸통을 드러내게 만들어야 해요."

"하지만 지금 당장 숙부를 움직이게 할 방도가 없잖아요."

"한 가지 방법이 있어요. 함정을 파는 거죠."

"함정?"

둘의 이야기를 한쪽에 서서 듣고만 있던 천무진이 처음

으로 끼어들었다.

그러자 백아린이 그쪽으로 고개를 돌린 채 말을 꺼냈다.

"네, 그러기 위해서는 우선……."

백아린의 시선이 한쪽으로 향했다.

그곳에는 이 장부가 있는 비밀 장소를 가르쳐 주고는 곧바로 숨을 거둔 당율의 시체가 있었다.

그녀가 말을 이었다.

"저 시신의 얼굴이 필요해요."

천무진은 곧바로 그녀가 말하고자 하는 바가 무엇인지 알아차렸다.

"인피면구를 말하는 거야?"

사람의 얼굴을 그대로 본떠서 만드는 가면. 그것이 바로 인피면구다.

개중 일부는 장인이 만든 것으로 정말 가족조차도 판별해 내지 못할 정도로 완벽하게 같은 것도 있었다.

천무진의 질문에 백아린이 자신의 생각을 밝혔다.

"큰 부상은 당했지만 살아 있다고 소문을 내는 거예요. 그럼 저분을 죽이려 했던 자는 또 다시금 움직일 수밖에 없겠죠."

"아마도 그렇겠지. 입을 열면 곤란해질 수도 있다 생각할 테니까."

"그럼 저희 중 한 명이 인피면구를 쓰고 상대를 유인하는 거죠. 만약 정말로 저희가 지금 의심하고 있는 당문추가 범인이라면 움직일 수밖에 없는 그런 상황을 만들어 내는 거예요."

아직 구체적으로 작전을 구상한 건 아니다.

하지만 최소한 상대를 흔들 수 있는 유일한 수가 바로 죽어 버린 당율이라는 건 확실했다.

그가 살아 있는 것만큼 이번 사건을 일으킨 자가 곤란할 일은 없을 테니까. 거기다가 죽이려 했던 당소련도 살아 있으니…….

백아린이 당소련에게 말했다.

"그래서 말인데 저 시신 가져가도 될까요? 시신을 훼손할 생각은 없으니 그 부분은 걱정하지 않으셔도 돼요."

그녀의 질문에 당소련은 잠시 입을 닫았다.

하지만 애초에 답은 정해져 있었다.

가문 사람의 시신을 다른 이의 손에 맡긴다는 것이 맘에 걸렸지만, 시신을 훼손하지 않는다는 말에 빠르게 답을 내릴 수 있었다.

당소련이 고개를 끄덕였다.

"네, 부탁드릴게요."

*　　　*　　　*

결론을 내린 천무진과 백아린은 당율의 시신을 챙겨서 빠르게 이동했다. 늦은 밤이기도 했고, 인적이 드문 길을 따라 움직였기에 두 사람은 아무의 눈에도 띄지 않고 거처로 돌아올 수 있었다.

아마 지금쯤이면 약속한 대로 당소련이 사천당문에서 소란을 일으키고 있을 것이다.

외부인이 침입했다는 걸 알리고, 당율이 죽을 뻔한 위기에 처했다가 간신히 목숨만 부지한 채로 의식을 잃은 상태라는 헛소문도 낼 것이다.

이 모든 건 사전에 정해진 일들이었다.

거기다 백아린은 당소련에게 하나를 더 부탁했다.

금장전에서 사라졌던 독과 당문추 간에 뭔가 관계가 있을지에 대해 조금 더 조사를 해 달라 청한 것이다.

그렇게 각자의 일을 정한 채로 돌아온 거처.

시체를 비어 있는 창고에 내려놓고 방으로 돌아오던 천무진과 백아린을 향해 누군가가 서둘러 달려오고 있었다.

다름 아닌 남윤이었다.

"작은 주인님!"

"무슨 일이야 영감."

다급해 보이는 표정에서 뭔가 일이 벌어진 걸 눈치챈 천무진이 물었다. 순식간에 거리를 좁힌 남윤이 상황을 설명했다.

"단 소협이 독에 당하신 모양입니다."

"독?"

"예, 그런데 제 실력으로는 도저히 해독을 할 수 있는 물건이 아닌지라……."

"우선 가 보죠."

상황이 심상치 않다고 느꼈는지 백아린이 서둘러 말했다. 그렇게 남윤의 안내를 받으며 천무진과 백아린은 곧바로 단엽이 있는 방으로 향했다.

세 사람은 이내 단엽이 치료를 받고 있는 장소에 도착할 수 있었다.

방 안에는 한천 또한 자리하고 있었다.

백아린이 나타나자 자리에서 일어난 그가 입을 열었다.

"아니, 이 늦은 시간까지 두 분만 어딜 다녀오십니까?"

"놀다 왔겠어? 그나저나 단엽이 독에 당했다면서? 위독한 거야?"

백아린의 다급한 목소리를 들었는지 방 한편에 있는 침상에 누워 있던 단엽이 갑자기 손을 들어 올리며 자신의 건재함을 알렸다.

"나 여기 있다고."

남윤의 걱정스러웠던 말투와는 달리 단엽은 멀쩡해 보였다. 하지만 그건 겉모습일 뿐, 중독당한 독이 여전히 몸 안에 그대로 남아 있는 상태였다.

천무진이 단엽을 향해 성큼 다가가며 물었다.

"어떻게 된 거야?"

독에 중독당한 것도 그렇지만 적지 않은 싸움의 흔적들까지.

뭔가 일이 벌어졌던 것이 분명했다.

천무진의 질문에 그가 답했다.

"여, 주인. 평소처럼 그냥 무공 훈련을 하고 있었는데 누군가가 내가 먹을 물에 독을 탔더라고. 중독당한 상태에서 기습을 해 왔는데…… 보통 놈들은 아니었어."

"아는 놈들이야?"

"아니, 전혀. 대장으로 보이는 놈이 수하들을 향해 구마대라고 외치는 걸 듣긴 했는데 전혀 본 적 없던 놈들이야."

구마대라는 이름을 듣자 천무진은 백아린을 향해 시선을 돌렸다. 마치 아냐는 듯한 그 눈빛에 그녀는 작게 고개를 저었다.

구마대라는 이름은 그녀 또한 처음 들었다.

옆에 서 있던 한천이 말했다.

"저희 쪽 사람들한테 말해 놨으니 시신을 수습해 혹시나 신분을 알아낼 수 있는 자가 있는지 확인해서 연락해 올 겁니다, 대장."

"잘했어, 부총관."

두 사람이 짧게 대화를 끝내는 사이 천무진이 뒤따라 들어온 남윤에게 물었다.

"해독하기 어려워? 뭐 필요한 재료라도 있는 건가?"

"단 소협이 워낙 능력이 출중하셔서 독기를 내리누르고는 있지만 결국 해독약을 찾지 못하면 위독해지실 겁니다. 문제는 일반적으로 접할 수 있는 그런 독이 아니라서 해독약을 찾기가……."

큰일이 났다는 듯 걱정 가득한 남윤의 말을 듣고 있던 천무진은 이내 뭔가가 생각났는지 백아린을 향해 시선을 돌렸다.

그가 입을 열었다.

"아무래도 그 독 같은데?"

"제 생각도요."

둘은 길게 대화를 나누지 않았음에도 불구하고 지금 단엽이 중독당한 독이 사천당문에서 사라진 망혼초라는 걸 어렴풋이 짐작할 수 있었다.

천무진이 단엽을 향해 말했다.

"손 한번 보여 줘 봐."

"갑자기 손은 왜?"

"그냥 하라면 해 봐."

천무진의 말에 단엽은 자신의 손을 앞으로 내밀었다. 그리고 천무진과 백아린은 내민 그의 손을 살피고는 이내 고개를 끄덕였다.

큰 특이점은 없었지만, 손톱 끝 아주 일부에 푸르스름한 색이 비쳤기 때문이다.

그리고 이건 당소련에게서 전해 들었던 망혼초에 중독당하면 생기는 현상과 같았다.

천무진이 옆에서 걱정스러운 듯 서 있는 남윤을 향해 말했다.

"영감 걱정하지 마. 무슨 독인지 알고 있으니까. 아예 해독약을 가져다주지."

"가능하시겠습니까? 정말 다행입니다."

망혼초는 절정고수들조차 얼마 버티지 못하고 죽게 만드는 극독.

당한 것이 단엽이라 버티고 있는 것이지, 그처럼 뛰어난 수준의 무인이 아니었다면 죽어도 몇 번은 죽었을 시간이 흐른 상태였다.

천무진이 물었다.

"약을 가져오려면 시간이 좀 걸릴 것 같은데 얼마나 버틸 수 있겠어?"

"주인은 날 누구로 보는 거야. 나 단엽이라고. 이깟 독쯤이야 며칠은 너끈해."

단엽이 자신만만한 목소리로 대답했다.

그런 그를 바라보던 한천이 혼잣말처럼 중얼거렸다.

"어휴, 하여튼 저놈의 자신감하고는. 곧 죽어도 괜찮다고 할 사람이라니까."

단엽이 목이 말랐는지 손으로 한쪽에 있는 물병을 가리키며 말했다.

"한천, 쫑알대지 말고 거기 있는 물이나 좀 줘. 나 환자라 움직이기 힘들어."

"으이구. 환자가 뭔 벼슬이라고……."

막 부려 먹는 단엽에게 불만스럽다는 듯 한천이 투덜거릴 때였다. 그런 두 사람을 바라보고 있던 백아린이 묘한 표정을 지으며 물었다.

"……뭐야? 두 사람."

"뭐가요?"

막 물병을 가져다준 한천이 대꾸하자 백아린은 여전히 아리송한 표정을 지은 채로 말을 받았다.

"아니, 뭐라고 설명해야 할지 모르겠는데 둘 사이가 뭔가 미묘하게 달라졌는데."

누구에게나 농담을 던져 대는 한천이다.

분명 평소에도 단엽에게 되지 않는 장난을 걸어 대기도 했었다.

하지만 그때와 지금은 뭔가가 달랐다.

평상시에 단엽은 한천과 크게 교류를 하지 않았기 때문이다. 그런데 지금은 오히려 먼저 말을 걸고, 서슴없이 대화를 이어 나가고 있었다.

왠지 둘 사이가 한층 가까워진 듯한 느낌이었다.

그런 백아린의 말에 한천은 어깨를 으쓱했다.

"글쎄요. 저희는 뭐가 달라졌는지 잘 모르겠는데요."

전혀 모르겠다는 듯한 한천의 말투.

백아린은 이해가 안 된다는 듯 두 사람을 번갈아 바라보며 중얼거렸다.

"……이상하단 말이야."

대화가 길어지자 남윤이 방에서 나갔고, 그 이후에도 시답지 않은 이야기를 이어 가는 모습을 물끄러미 바라보던 천무진이 이내 백아린을 향해 다가갔다.

망혼초의 해독약을 구하기 위해서는 직접 사천당문에 가야 했기 때문이다.

그렇게 백아린의 어깨를 툭툭 두드리려 했던 천무진의

손이 갑자기 허공에서 멈칫했다.

점점 굳어 가던 그의 표정이 이내 무섭게 돌변했다.

그런 천무진의 변화를 느껴서일까?

"왜 그래요?"

백아린이 고개를 돌려 물었을 때다.

천무진이 낮게 가라앉은 목소리로 입을 열었다.

"……왜 망혼초를 단엽한테 사용한 거지?"

"왜긴요. 그야 우리가……."

당연히 자신들이 거치적거리기 때문이 아니겠냐고 말을 이어 가려던 백아린의 입이 갑자기 닫혔다.

천무진과 같은 이유로 그녀의 얼굴 또한 딱딱하게 굳어 갔다.

두 사람이 이렇게 놀란 까닭은 그들이 단엽을 건드렸다는 사실 때문이다.

자신들은 정체를 감추기 위해 무림맹에서도 말단 무인의 신분으로 지내고 있다. 몇 가지 일을 하는 와중에 직접 움직인 적도 있지만 제대로 모습을 노출하지는 않았다.

헌데 이런 상황에서 그들이 단엽을 제거하려 했다.

왜 자신들이 쫓는 자들이 단엽을 제거하려 했을까?

이유는 하나다.

단엽이 그들에게 방해가 됐으니까.

그들이 그 같은 판단을 내렸다는 건 천무진의 명령에 따라 단엽이 벌인 일들을 알아 버렸다는 소리다.

적들이 단엽의 존재를 알고 있다.

그리고 그건 곧…… 천무진에 대해서도 이미 알아차렸을지 모른다는 말이기도 했다.

생각이 거기까지 미치자 천무진의 얼굴은 더욱 일그러졌다. 끔찍했던 과거의 기억들이 조금씩 밀려들며 그를 집어삼키고 있었다.

천무진이 딱딱하게 굳은 얼굴로 입을 열었다.

"내가 찾는 그놈들이…… 우리를 알고 있어."

7장. 인피면구 —
도와줘

방에 홀로 자리한 천무진은 복잡한 표정이었다.

생각이 꼬리에 꼬리를 물었다.

천무진의 입장에서는 지금 이 모든 상황이 복잡할 수밖에 없었다.

자신이 쫓고 있는 그들과 연관된 자들이 단엽을 노렸다. 아직 자신의 존재를 세상에 드러내지 않은 상황에서 그들은 어떻게 단엽을 찾아낸 것일까?

답은 간단했다.

양휴를 잡아 온 그 일이다.

그게 아니고서는 단엽이 자신을 위해 나선 건 딱히 없었기 때문이다. 물론 부관주 여청을 감시하기도 했지만, 그때 단엽의 존재가 드러났을 것 같진 않았다.

확률적으로 양휴의 일에서 그가 드러났을 공산이 컸다.

그렇다면 과연 그들은 어디까지 알고 있는 걸까?

자신의 존재는? 그리고 자신이 천룡성과 관련되어 있다는 것도?

답을 찾을 수 없는 고민이 길어졌고, 그만큼 천무진의 표정 또한 어두워져 갔다.

다시 주어진 한 번의 삶.

그랬기에 어떻게든 바꾸려고 했다. 그때의 지옥과도 같았던 삶을 반복하지 않기 위해 지금 이처럼 움직이고 있지 않았던가.

그런데 참으로 우습다.

자신은 아직도 그들이 누군지 모르거늘, 오히려 그자들은 이미 뭔가를 알고 있는 듯싶었다.

"하아."

깊어지는 한숨, 덩달아 지독한 두통이 밀려들었다.

바로 그때였다.

"부탁이 있어요."

너무도 익숙한 목소리가 귓가를 파고들었고, 천무진의 몸은 딱딱하게 굳었다.

의자에 앉아 있는 몸을 움직일 수가 없었다.

그저 손가락 끝에 작은 경련과도 같은 움직임만이 천무진이 할 수 있는 전부였다.

뒤편에서 들려오는 발걸음 소리.

그리고 그 발자국의 주인공이 조금씩 가까워지는 듯싶더니 이내 점점 옆으로 모습을 드러냈다. 천무진은 눈동자를 돌려 그쪽에서 다가오는 이의 모습을 살폈다.

사라락.

흩날리는 옷자락, 그리고 조금씩 보이는 새하얀 턱.

그런데…….

얼굴이 있어야 할 자리에 있는 건 짙은 검은 안개였다.

천무진의 얼굴이 일그러졌다.

뭘까. 이 말도 안 되는 상황은?

꿈인 것인가, 아니면 환상이라도 보는 것일까?

허나 이내 그는 정신을 집중했다.

꿈이면 어떻고, 환상이면 어떻단 말인가. 지금 자신의 눈앞에 그토록 기억해 내고자 했던 그녀가 있는데.

봐야 한다.

저 얼굴을 봐야 했고, 기억해 내야 한다.

다가오는 새카만 어둠, 그리고 그 어둠에 휩싸인 한 여인의 입꼬리.

쇠사슬에 묶인 듯 꼼짝도 하지 못하는 천무진에게 그녀의 손이 다가왔다. 볼을 쓰다듬는 그녀의 차가운 손과 함께 다시금 목소리가 울려왔다.

"부탁이 있어요. 해 줄 수 있죠?"

말과 함께 그녀의 얼굴이 점점 다가왔다.

그렇지만 여전히 검은 안개가 뒤덮여 있는 그녀의 얼굴은 알아볼 수가 없었다. 거리가 조금씩 가까워질수록 천무진의 전신에는 고통이 밀려들었다.

머리가 깨질 것처럼 아파 왔고, 손발이 부들부들 떨렸다.

온몸을 칼로 난도질을 당하는 것 같은 고통이 밀려들었다.

십수 년이 넘는 시간 겪어 왔던 모든 고통들이 한 번에 그를 집어삼키는 기분이었다.

어떻게든 이 순간에서 벗어나고 싶었지만, 신체의 모든 감각은 천무진의 명령을 듣지 않았다.

그러던 중 천무진은 가까스로 마른 입술을 들썩였다.

"도…… 와줘."

진심이 담긴 그 중얼거림.

그때였다.

천무진의 세상이 흔들렸다.

그리고 들려오는 누군가의 목소리.

"……아요? 이봐요."

가볍게 흔들리는 몸을 느끼며 천무진의 정신이 돌아왔다.

번쩍.

눈을 치켜뜨는 것과 동시에 천무진은 눈앞에 어떤 여인이 있다는 사실을 깨달았다. 소스라치게 놀란 천무진이 자신도 모르게 손을 휘둘렀다.

아까까지와는 달리 손은 천무진의 의지대로 정확하게 목표를 향해 날아들었다.

파악!

매서울 정도로 빠르게 날아드는 손.

그렇지만 천무진의 손은 상대방의 손바닥에 의해 가까스로 막혔다. 천무진의 손에서 터져 나온 내력 때문인지 상대방의 머리카락이 허공으로 흩날렸다.

펄럭.

동시에 눈에 들어온 상대방의 얼굴.

여인의 정체는 백아린이었다.

그녀의 얼굴을 보고서야 천무진은 지금 자신이 무슨 짓을 했는지 깨닫고 화들짝 놀랐다. 막아 냈기에 망정이지 그렇지 못했다면 꽤나 큰 부상을 입혔을 공격이었다.

허나 그런 그를 향해 오히려 백아린이 걱정스레 말을 걸었다.

“괜찮아요?”

“……미안.”

천무진이 손을 거두며 중얼거렸다.

말과 함께 그는 깊게 숨을 내쉬었다. 이제야 숨이 좀 쉬어졌다.

천무진의 맞은편에 자리하고 있던 백아린이 입을 열었다.

“무슨 일 있어요? 이 땀 좀 봐.”

백아린이 땀으로 범벅인 천무진의 얼굴에 자신의 소매를 가져다 댔다. 생각지도 못한 행동에 화들짝 놀란 듯 천무진이 그녀의 손목을 잡아채며 고개를 치켜들었다.

시선이 마주치자 백아린이 민망한 듯 어색한 웃음과 함께 천천히 손을 내렸다.

그녀가 말을 돌렸다.

“뭐 이렇게 식은땀을 많이 흘렸어요? 악몽이라도 꾼 거예요?”

“조금. 기억하고 싶지 않은 일이 떠올라 버렸네.”

“그래도 잠꼬대가 너무 심한 거 아니에요? 저 죽을 뻔했다고요.”

붉게 변한 자신의 손바닥을 보여 주며 백아린이 괜히 엄살을 부렸다.

천무진은 무안했는지 슬쩍 시선을 피하며 물었다.

"그런데 그쪽이 왜 내 방에 있어? 들어오라고 한 기억이 없는데."

그의 물음에 백아린이 눈을 동그랗게 뜨며 답했다.

"마침 할 말이 있어서 왔는데…… 도와 달라고 했잖아요."

"……내가?"

"네, 잠꼬대긴 했지만 도와 달라고 너무 간절히 중얼거려서요. 들어오지 않을 수가 없었어요."

그제야 천무진은 자신이 꿈속에서 도와 달라고 중얼거리던 걸 기억해 냈다. 아마도 그 목소리를 듣고 백아린이 방 안으로 들어온 모양이다.

고개를 끄덕인 천무진이 이내 입을 열었다.

"아, 할 말이 있어서 왔다며. 뭔데?"

"인피면구의 준비가 끝났어요. 움직여야죠."

적화신루의 도움으로 밤이 채 가기 전에 사천당문 당율의 인피면구가 완성된 것이다. 이제 이걸 이용해 의심하고 있는 당문추를 끌어들이는 일만 남았다.

천무진이 말했다.

“무림맹 일은 어쩌지?”

“그쪽은 제가 가서 말할게요. 오늘부터 며칠 동안 나가지 않으셔도 되게요. 거기다가 저희 거처에 처분해야 할 놈들도 있고요.”

백아린을 납치했던 사공량 패거리의 뒤처리도 부탁해야 했기에 그녀는 오늘 총군사와 약속을 잡은 상태였다.

천무진이 고개를 끄덕이며 답했다.

“그럼 그쪽은 부탁할게.”

“네, 저도 뒤처리만 끝내고 곧바로 합류할게요.”

“인피면구는 어디에 있어?”

“한천이 가지고 와서 집무실에서 기다리고 있어요.”

“그래? 덕분에 인피면구도 빠르게 만들어 낼 수 있었군. 여러모로 고마워.”

“고맙긴요. 이게 저희가 해야 할 일인걸요.”

백아린이 덤덤하게 대답하긴 했지만 사실 천무진은 알고 있었다. 적화신루가 생각보다 훨씬 많은 부분 자신에게 힘이 되어 주고 있다는 사실을.

그리고 그 중심에는 바로 이 여인이 있다는 것도.

사실 지금 여기까지 올 수 있었던 건 백아린의 도움이 컸다. 그녀의 뛰어난 머리로 여러 가지 사실들을 밝혀낸 덕분에 자신이 찾는 그들에 대해 보다 많은 단서를 찾아낼 수 있었다.

천무진이 자리에서 일어나며 말했다.

"상태가 좀 엉망이라 씻고 곧바로 갈게."

"그렇게 해요. 저는 집무실로 가 있을게요."

백아린이 답하자 천무진은 곧바로 방을 빠져나가 씻기 위해 움직였다. 홀로 남게 된 백아린의 시선이 방금 전 천무진이 앉아 있던 의자로 향했다.

이제는 기척을 알아차리기 힘들 정도로 천무진이 멀어진 상황.

사실 천무진이 이런 이상한 모습을 보인 건 이번이 처음이 아니었다. 일전에 창고로 찾아갔을 때, 그때도 천무진은 식은땀을 흘리며 경련을 하고 있었다.

정체불명의 돌을 찾아냈던 그날. 백아린은 천무진이 뭔가에 고통받고 있다는 사실을 알면서도 둘러대는 그의 거짓말에 속은 척 넘어가 줬다.

그때부터 짐작했다.

이 사내가 천룡성이라는 이름을 업고 평탄하게만 자라오지는 않았을 거라는 걸.

그녀가 빈 의자를 바라보며 나지막이 입을 열었다.

"당신…… 생각보다 아픔이 많네요."

*　　*　　*

한천이 가져다준 인피면구는 완벽했다.

인피면구를 만드는 방법은 몇 가지가 있는데 이건 동물의 가죽으로 만들어진 것이었다. 잘 보관된 것으로 만든 덕분에 상태도 양호했고, 제법 긴 시간 티가 나지 않는 것도 특징이었다.

열흘 정도는 너끈하게 속일 수 있을 거라는 말까지 듣고서야 천무진은 곧바로 사천당문으로 찾아갔다.

당소련이 미리 손을 써 둔 덕분에 천무진은 어렵지 않게 그녀를 만날 수 있었다.

"오셨어요?"

죽립을 쓴 채로 방에 앉아 있던 천무진은 안으로 들어서는 당소련을 발견하고는 자리에서 일어났다.

포권을 취해 보인 그를 향해 당소련이 다가왔다.

주변에 아무도 없는 걸 확인하고서야 그녀가 입을 열었다.

"인피면구는요?"

"준비됐습니다. 열흘 정도는 문제없다더군요."

말과 함께 천무진이 인피면구가 든 목갑을 꺼내어 들었다.

금방 준비하겠다고는 했지만, 이토록 빠르게 인피면구를 가지고 올 거라고는 예상치 못했던 당소련이다. 그랬기에 적화신루의 능력에 다시금 놀라면서 그녀는 주변을 두리번거렸다.

백아린을 찾는 것이었다.

"오늘은 혼자신가 봐요?"

"따로 할 일이 있어서요. 곧 합류할 겁니다."

고개를 끄덕인 당소련이 이내 말했다.

"인피면구를 확인해 봐도 될까요?"

자신들이 속여야 할 상대는 다른 자도 아닌 당문추다. 그는 꽤나 치밀한 자로, 어쭙잖은 인피면구로 속일 수 있는 상대가 아니었다.

그녀의 말에 천무진이 몸을 돌리고는 목각을 열었다. 안에 담긴 인피면구를 꺼내어 든 그가 천천히 그걸 얼굴에 가져다 댔다.

인피면구를 얼굴에 댄 채로 손가락을 이용해 가볍게 눌러 대자 곧 딱 맞게 들러붙었다.

얼굴을 꼼꼼히 확인한 천무진이 이내 몸을 돌렸다.

그러고는 여태까지 항상 죽립으로 감춰 뒀던 얼굴을 드러냈다.

툭.

죽립이 떨어지고 드러난 얼굴.

천무진을 마주한 상황에서 당소련이 탄성을 터트렸다.

"아……."

실로 놀라웠다.

마치 죽은 당율이 살아 돌아온 것이 아닐까 하는 착각을 불러일으킬 정도로 완벽했다.

천무진이 물었다.

"어떻습니까? 이 정도면 되겠습니까?"

"그럼요. 이렇게 가까이서 봐도 전혀 어색하지 않군요."

어차피 길게 마주해야 할 상황은 없을 터.

잠깐 동안만 속여 주면 되니 이 정도면 충분하고도 남았다.

인피면구를 쓴 천무진을 물끄러미 바라보던 그녀가 물었다.

"그런데…… 사숙의 시신은 어떻게 되었나요?"

"말씀드렸던 대로 저희 쪽에서 잘 모시고 있습니다. 좋은 관에 모셨고, 내일쯤 원하시는 장소로 시신을 가져다드리도록 하겠습니다."

"고마워요."

당소련이 고개를 끄덕이며 말을 받았다.

이번엔 천무진이 물었다.

"사천당문 내부의 상황은 어떻습니까?"

"이야기된 대로 진행했어요. 누군가가 본가에 침투했고, 금장전의 관리자인 당율 사숙을 죽이려 했다고요. 가까스로 목숨은 부지하셨지만 아직까지 정신을 차리지 못하는 상태라고도 알렸고요."

"그자가 움직일 것 같습니까?"

의심하고 있는 당문추에 대해 묻자 그녀가 애매한 표정을 지어 보이며 답했다.

"아직은 모르겠어요. 하지만 저희의 예상이 맞다면…… 결코 그냥 있지는 못하겠죠. 당율 사숙이 어디까지 아는지도 모를 테니 아마 불안해서 어쩔 줄 모를 거예요."

당율이 아는 뭔가를 감추기 위해 그를 죽이려 했는데, 죽지 않고 살아 있다 하니 그가 뭔가를 밝히기라도 하면 어떻게 하나 불안감에 떨 수밖에 없다.

당소련이 재차 말을 이었다.

"어떻게 할 생각이시죠? 그냥 기다릴 생각인가요?"

"우선은 기다릴 생각입니다. 하지만 만약 그자가 조심성이 커서 쉽사리 움직이지 않는다면…… 불에 장작을 쏟아 넣을 생각입니다."

"무슨 뜻이죠?"

"움직이지 않고는 배길 수 없도록 조급하게 만들겠다는 소립니다."

"그게 될까요?"

당소련의 물음에 천무진은 고개를 끄덕였다.

그가 확신 어린 목소리로 말했다.

"켕기는 게 많은 자는…… 자신의 발걸음 소리에도 놀라기 마련이니까요."

*　　　*　　　*

사천당문은 발칵 뒤집혔다.

최근 있었던 당백의 죽음, 그에 뒤이어 당율을 죽이기 위해 누군가가 침입한 사실 때문이다.

사경을 헤맬 정도로 큰 부상을 입고 간신히 살았다고는 하지만 그렇다고 해서 이 일이 다행이다 하고 넘길 정도로 가벼운 사안은 아니었다.

두 차례나 있었던 세가 내부의 주요 인물에 대한 피습. 이건 오대세가의 하나인 사천당문의 명예가 걸린 문제였다.

이리 쉽게 세가 내에서 사람들이 죽어 나가거늘 어느 누가 자신들을 우러러본단 말인가. 그랬기에 세가 내부적으로도 회의가 열리며 이 일의 범인을 색출하기 위해 혈안이 되고 있었다.

오후에 벌어진 회의에서 큰 목소리들이 오갔다.

가주파와 반가주파가 혈안이 되어 서로를 물어뜯는 상황이 된 것이다.

반가주파 쪽의 인물이 먼저 소리를 높였다.

“다 세가가 흔들리기 때문에 이 같은 일이 벌어지는 것이외다. 이대로 본가가 계속해서 수치스러운 일을 당하는 걸 더 두고 봐야 한단 말이오?”

“그래서 지금 어쩌자는 소리입니까?”

“편찮으신 가주님 그만 괴롭히고, 새로이 가주를 뽑아 흔들리는 내부를 정리해야 한다는 뜻이오.”

둘의 대화를 듣고 있던 노고수 하나가 참지 못하고 버럭 소리를 내질렀다.

“그 입 다물지 못할까! 당유문 고작 네깟 놈이 가주님의 자리에 대해 왈가왈부할 자격이 된다 여기더냐!”

“거참 뭐 그리 핏대를 세우시오. 난 가문의 일원으로서 할 말을 했을 뿐이오.”

“저놈이 그래도……!”

“그만들 하지요.”

흥분한 듯 소리치는 노고수를 말린 건 다름 아닌 당문추였다. 가주의 동생이자, 현재 천무진이 가장 의심하고 있는 자.

그가 입을 열자 모두가 입을 닫았다.

실질적으로 가주가 병석에 들어가고 세가의 많은 부분을 관리하는 자였으니까.

당문추가 방 안에 모인 스무여 명에 달하는 이들을 찬찬히 둘러보며 말을 이었다.

"지금 우리끼리 싸울 때가 아닙니다. 우리가 누굽니까? 우리는 가족입니다. 이럴 때일수록 보다 내실을 견고히 하는 데 힘을 쏟아야 합니다."

말을 내뱉는 당문추의 맞은편에는 당소련이 자리하고 있었다. 실질적으로 가주파를 이끄는 실세인 그녀가 말없이 당문추를 바라봤다.

'……그 더러운 입으로 가족이라는 말을 내뱉을 자격이 있더냐.'

그의 입에서 내뱉어지는 모든 말에 화가 치솟았다.

앞에서는 가족이라는 말을 내세우며 뒤에서는 사리사욕을 채우기 위해 오랫동안 함께해 온 혈육들을 서슴없이 죽여 댄 그의 양면성에 구역질이 치밀 정도였다.

숙부라는 이유로 양보했던 많은 것들이 이제 와서 뒤늦게 후회로 돌아왔다.

그가 모두를 다독이듯 말을 이었다.

"본가가 안팎으로 시끄러운 건 사실인데 이 일을 어쩌면 좋겠습니까?"

"방금 말씀드리지 않았습니까. 새로운 가주님을 선출하여 흔들리는 세가를……."

"이노옴!"

당유문의 말에 재차 노고수가 나서려고 할 때였다. 당문추가 손을 들어 올려 노고수를 제지하며 말을 받았다.

"다소 말이 과격하긴 하지만 이 또한 방법의 하나인 건 맞지 않습니까. 그렇다면 자네는 누가 가주의 자리에 어울린다 보는가?"

당문추가 시선을 돌려 당유문을 향해 질문을 던졌다. 하지만 애초에 이건 모두 짜고 치는 판이었다.

기다렸다는 듯 당유문이 입을 열었다.

"그거야 당연하지 않습니까. 현재 가주님의 뒤를 이으실 가장 적임자는 독륜원(毒倫院)을 이끄시는 당문추 원주님이시지요. 안 그렇습니까, 여러분?"

당유문이 주변을 둘러보며 질문을 던졌다.

그러자 기다렸다는 듯 반가주파들은 고개를 끄덕이거나 동조의 뜻을 내비쳤다. 그에 비해 가주파들은 쉽사리 입을 열지 못했다.

지금 가장 큰 힘을 쥐고 있는 당문추의 앞에서 대놓고 반대의 의견을 내놓는다는 건 생각보다 쉽지 않았다.

하물며 가주인 당세종의 병세가 더욱 심해져 오늘내일한다는 소문까지 돌고 있는 지금, 가주파는 점점 발언권을 잃어 가고 있었다.

자연스레 가주파 인물들의 시선이 한 명에게로 향했다.

당소련, 그녀였다.

그런 모두의 시선을 받고 있던 당소련이 입을 열었다.

"개인적으로 아직 새로이 가주님을 뽑을 시기는 아니라고 보이는군요. 조금 편찮으시긴 하지만 언제나 그러셨던 것처럼 곧 자리를 털고 일어나실 거라 믿으니까요. 그리고 만약에 새로이 가주를 뽑아야 한다면……."

당소련이 잠시 말을 끊고는 맞은편에 있는 당문추를 바라봤다. 인자한 미소로 자신을 바라보고 있는 그를 잠시 노려보던 그녀가 말을 이었다.

"숙부님도 나쁜 선택은 아니지만 저는 운이가 더 낫다 보이는군요. 소가주이기도 하고요."

당운(唐雲), 현 가주 당세종의 아들이자 당소련의 동생이다. 애초에 가주파가 밀고 있는 다음 대의 가주 후보였기에 그다지 놀랄 일은 아니었다.

기다렸다는 듯 반가주파 쪽 인물 하나가 손사래를 치며 말했다.

"소가주는 너무 어리지요."

"이제 자기 앞가림은 충분히 할 수 있는 나이입니다."

"앞가림하는 정도로 되겠습니까? 지금은 세가의 위급 상황입니다. 앞에서 이끌 사람이……."

"도우면 되지요. 여기 이렇게 훌륭한 분들이 많으시지 않습니까? 안 그런가요, 숙부님?"

"……허허."

자신을 향해 질문을 던져 오자 당문추는 그저 웃음으로 대답을 피했다.

그의 웃는 눈동자에 슬며시 짜증이 서렸다.

'죽지 않고 살아서 끝끝내 귀찮게 하는구나.'

사실 이 자리에 당소련이 앉아 있어선 안 됐다. 어제 보냈던 살수들에게 그녀는 죽었어야 했고, 기둥을 잃은 가주파는 무너졌어야 했다.

그렇게 오랜 시간의 숙원이었던 사천당문의 가주 자리가 손에 닿았다 여겼는데…….

당소련이 살아서 이곳에 앉아 끝까지 자신의 계획을 방해하고 있었다. 하물며 살아선 안 될 또 다른 한 명 당율을 손에 쥔 채로 말이다.

다리를 꼬고 앉은 당문추는 손가락 끝을 어루만졌다.

상황이 꽤나 골치 아프게 흐르고 있었다.

당소련을 죽이지 못한 것도 문제였지만 그보다 더욱 큰

일은 당율이 살아 있다는 것이었다.

'그놈의 입이 열리면 귀찮은 일이 벌어질 터인데.'

사천당문 내부의 비밀스러운 독들이 바깥으로 빠져나간 사실이 들통나면 무척이나 곤란해질 수밖에 없다. 그나마 가주인 당세종의 금장전 출입 기록이 남아 있으니 그걸로 자신은 아니라고 우길 순 있겠지만…….

자신에게도 화가 돌아올 건 분명했다.

어쩌면 가주가 될 기회가 영영 사라질지도 몰랐다.

'……그럴 순 없지. 여기까지 어떻게 왔는데.'

지금 당장 우선해야 할 건 가주의 자리에 욕심을 내는 것이 아니었다.

살아 있는 당율, 그의 입부터 막는 것이 순서였다.

그것만 가능하다면 그 후에 당소련을 죽이고 가주 자리에 오를 기회를 다시 만들면 그만이다.

당문추는 지금 이 자리에서 가주 자리에 욕심을 내기보다는, 우선적으로 처리해야 할 다른 일부터 정리하기로 마음을 돌렸다.

"내 질녀의 말 또한 틀리지는 않은 것 같습니다. 아직은 가주의 교체에 대해 논의할 때가 아닌 듯싶군요. 그렇지, 련아?"

"동의해 주셔서 감사합니다. 숙부님."

너무도 순순히 물러나는 당문추의 행동에 반가주파의 인물들은 의아하긴 했지만 더는 그 일에 대해 이야기를 꺼내지 않았다.

일단은 가주 자리에 대한 욕심을 거둔 당문추가 다른 것에 대해 질문을 던졌다.

"그나저나 금장전의 전주는 네가 모시고 있다고?"

"네, 제가 아는 안전한 곳에 모셔 뒀어요."

"그곳이 어디더냐?"

"그건……."

물어 오는 당문추의 질문에 잠시 입을 닫았던 그녀였지만 괜히 그를 의심하는 듯한 모양새를 비칠 이유는 없었다.

당소련이 말을 이었다.

"제 거처 안쪽에 있는 조그마한 내실에 모셔 뒀어요."

"그래? 경비를 조금 더 삼엄하게 하도록 부탁해야겠구나."

"그래 주시면 저야 감사하죠, 숙부."

"감사하긴. 당연히 가족의 일인데 나도 나서야지."

대화를 나누면서 당문추와 당소련은 서로를 바라보며 미소 지었다. 하지만 그렇게 상대방을 향해 웃고 있는 겉모습과 달리 둘의 머릿속은 복잡하게 돌아가고 있었다.

'무슨 수를 써서라도 정신을 차리기 전에 죽여 그 입을 막아야 할 터인데…….'

어떻게든 죽이려 하는 그와.

'……먹이는 던져 뒀으니 어서 물어.'

그런 그를 막아 내려는 그녀까지.

*　　*　　*

당율의 얼굴을 한 천무진이 기거하고 있는 장소는 그 누구의 출입도 허락되지 않았다. 인근에는 무인들이 지키고 있었고, 방 안을 드나들 수 있는 건 당소련 하나뿐이었다.

허나 아무도 모르는 사실이었지만 천무진이 기거하고 있는 내실은 몰래 들어갈 수 있는 비밀 통로가 하나 존재했다.

당소련의 방에서 드나들 수 있는 것으로, 비밀리에 오갈 수 있게 만들어 둔 것이었다.

백아린이 천무진이 있는 방으로 들어갈 수 있었던 건 바로 그 비밀 통로 덕분이었다. 당소련과 함께 천무진이 있는 방으로 들어섰고, 안에 자리하고 있던 그가 두 사람을 맞았다.

앉아 있던 천무진이 자리에서 일어났다.

다른 이의 얼굴을 하고 있는 그를 보며 백아린이 웃는 얼굴로 물었다.

"휴양하는 기분이 어때요?"

"이게 휴양이겠어? 오히려 억지로 누워 있느라 고역이야."

한나절 정도를 잠도 안 자고 죽은 듯이 누워만 있어야 하니 절로 온몸이 아렸다.

환자인 그가 편히 쉬어야 하기도 하고, 오히려 너무 경비가 삼엄해지면 마치 이곳에 누군가가 있다는 걸 드러내는 꼴이 될지도 모른다는 것을 핑계 삼아 무인의 숫자는 일정 수준 정도만을 유지했다.

그리고 그들조차도 어느 정도 떨어진 곳에 위치하게 해 나름대로 빈틈을 만들어 뒀다.

만약 당문추가 직접 찾아오려고 한다 해도 쉽사리 침입할 수 있는 환경을 만들어 둔 것이다.

주변에 사람들이 없었기에 대화를 나누는 것 또한 편안했다.

천무진이 물었다.

"회의는 잘 끝나셨습니까?"

"그럼요. 이제 대놓고 가주 자리에 욕심을 내더군요."

"상황이 그렇게 흐른다면 살아 있는 제가 더 눈엣가시처럼 느껴지겠군요. 제가 쓰고 있는 이 얼굴을 한 당율이라는 분만 죽인다면 더는 방해될 게 없을 테니까요."

"맞아요. 그래서 그런지 사숙이 어디에 있는지 물어보더군요."

"그래서 말해 주셨습니까?"

"당연히요. 그런데 위험한 일에 본인이 직접 움직일지는 아직……."

살아 있는 당율을 죽이기 위해 직접 움직일 수도 있지만 그럴 확률보다는 그때처럼 외부에서 다른 누군가를 불러들일 공산이 더 컸다.

그것이 위험 부담이 훨씬 적었으니까.

허나 그건 천무진이 원하는 바가 아니었다.

여태까지도 자신이 찾는 그들에 대해 알고자 하는 마음이 컸지만, 이제는 상황이 보다 심각해졌다.

그들이 자신의 존재를 알고 있을지도 모른다는 사실을 알아 버렸기 때문이다.

그랬기에 천무진도 알아야 했다.

그들에 대해서도, 그리고 그들이 자신을 아는지에 대해서도.

시간을 끌 여유가 없었기에 천무진은 결단을 내렸다.

"쉽사리 움직일 것 같지 않다면 아무래도 곧바로 다음 수를 써야겠군요."

천무진은 애초에 이곳에 가만히 누워 당문추를 기다리고

만 있을 생각이 없었다.

그저 그에게 문제가 될 수 있는 존재가 이곳에 있음을 알리고, 이후에는 점점 그가 달아올라 결국 다급히 움직이게 만드는 것이 애초의 목적이었다.

기다리다가는 기회를 놓치고 말 거라는 두려움을 당문추에게 심어 줄 것이다. 그래야만 그가 참지 못하고 움직이고야 말 테니까.

당소련은 가만히 천무진의 다음 말을 기다렸다.

그러자 천무진이 자신의 작전을 이야기하기 시작했다.

"우선은 외부에서 데리고 온 의원이 바삐 이곳을 드나들게 해야 합니다. 그리고 제 상태에 뭔가 긍정적 변화가 있는 것처럼 소란스러운 움직임을 보여 주시고, 시간이 조금 흐른 후에 마차 한 대를 준비해 주시면 됩니다."

"마차를요?"

"네, 그리고 제가 그 마차를 타고 빠져나갈 겁니다."

"……숙부를 유인하겠다는 말씀이시군요."

"맞습니다. 우리의 예상이 맞다면 그는 이대로 절 보낼 수 없다 생각할 겁니다. 이렇게 빠져나가는 것도 분명 뭔가 이유가 있다 여기겠지요."

외부의 세력이 미리 준비되어져 있다면 그들을 이용해 죽이려 들 수도 있다.

하지만 겨우 어제 그들이 천무진과 백아린의 손에 박살이 났다. 그리고 나머지 세력들 또한 단엽과 한천에 의해 모두 죽었다고 하니, 아마도 곧바로 누군가의 도움을 받기는 어려울 터.

결국 당문추가 직접 움직여야 할 것이다.

그리고 그자가 모습을 드러내는 그때가 바로 천무진이 본래의 모습으로 돌아갈 순간이었다.

이야기를 듣고만 있던 백아린이 입을 열었다.

"외부에서 영입해 저희와 손발을 맞출 의원은 제가 구해 올게요."

"그럼 전 이 일이 숙부에게 자연스레 흘러 들어갈 수 있도록 준비를 해 두죠."

두 사람의 말을 들은 천무진이 고개를 끄덕였다.

빠르게 진행되어 가는 계획, 그리고 그만큼 그것에 당하는 상대는 정신을 차리기 어려울 게다.

천무진이 말했다.

"자 그럼 슬슬…… 사냥을 시작해 봅시다."

8장. 사두마차 —
주사위는 던져졌다

“뭐? 밖에서 의원을 데리고 왔다고?”

당문추가 수하 당희도의 보고에 눈을 치켜뜨며 되물었다. 모든 감시망을 동원하고 있었던 탓에 당소련 쪽의 움직임을 읽어 내는 건 그리 어렵지 않았다.

그리고 그 와중에 그녀가 밖에서 의원을 불러들였다는 소식이 바로 전달되어 온 것이다.

이 행동이 의미하는 게 과연 무엇일까?

‘외부의 의원을 끌어들이다니…….’

당문추는 불편한 표정으로 탁자를 툭툭 두드렸다.

세가에 실력 좋은 의원들이 즐비한데 굳이 바깥에서 다

른 자를 불러올 이유라면 아무래도 하나밖에 없었다.

세가 내부에 적이 있다는 걸 알아 버렸고, 그 상대에게 당율의 상태를 감추려 한다는 것.

당문추가 물었다.

"뭔가 알아낸 건 딱히 없고?"

"아쉽게도 더는 접근이 어려워 내부의 상황까지는 알아낼 방도가 없었습니다. 다만 뭔가 분주하게 달이고 있는 약재들이 있어 살펴보니, 기혈의 흐름을 원활하게 하거나 몸을 보양하는 것들이 대부분이더군요."

"……그 말은 점점 회복되고 있다는 소리군."

생명이 오가는 상황에 쓰일 법한 것이 아닌 회복에 치중된 약재들.

당율이 일어나면 곤란한 당문추의 입장에선 그리 유쾌하지 않은 소식이었다.

흘러가는 모든 일들이 마음에 들지 않았는지 그가 자리에서 벌떡 일어나 방 안을 서성이다 중얼거렸다.

"당율이 얼마나 알고 있는지가 문제인데."

그가 일어나면 금장전에 출입했던 문제가 불거질 것이다. 그건 가주의 자리를 노리는 당문추의 발목을 붙잡을 것이 분명했다. 허나 문제는 그것뿐만이 아니었다.

아주 만약에라도 당율을 죽이러 갔던 그들의 입에서 자

신과 연관된 무슨 이야기라도 흘러나왔다면…….

생각이 거기까지 미치자 당문추는 화가 치밀었다.

"망할, 그깟 계집 하나 처리하지 못해서 상황을 이렇게 만들다니."

당소련을 죽일 완벽한 기회였다.

그녀를 죽이고 이를 당율과 엮어 가주파의 인원들을 찍어 누르려 했다. 허나 당소련은 살았고, 오히려 뭔가를 알고 있을 당율의 목숨까지 구해 냈다.

상황이 이렇게 되긴 했지만 사실 당문추는 지금의 현실이 믿어지지 않았다.

그들이 짜 놓은 계획이었다.

그런데…… 어떻게 당소련이 살 수 있었을까?

자신이 아는 그들은 결코 이런 실수를 할 이들이 아니었다. 당소련의 무공 실력 정도로 이길 수 있는 상대가 아니었다는 소리다.

초조해하는 당문추의 모습에 눈치를 보던 당희도가 조심스레 물었다.

"어떻게 할까요? 이대로 뒀다가 만약에라도 당율의 입에서 곤란한 말이 나오게 된다면……."

말을 하며 당희도가 마른침을 삼켰다.

당문추의 최측근으로 모든 일을 함께해 온 당희도다. 그가 무너지면 당희도 또한 끝이었다.

"기다려. 상황 설명은 해 뒀으니 아마 또 다른 이들을 보내 줄 게야."

당문추가 애써 담담하게 말했다.

가문 내부에서 상대들을 죽여야 하는 상황, 가능하면 뒤탈이 생기지 않게 직접 손을 쓰는 일은 피하고 싶었다. 그랬기에 우선은 위에 이 사실을 알리고 또 다른 인원을 투입해 달라 요청해 둔 상태였다.

다만 걱정되는 건 그들이 움직이는 것보다 당율이 먼저 정신을 차리지 않을까 하는 점이었다.

스스로 말을 하고도 불안했는지 당문추가 말을 이었다.

"그쪽의 감시는 계속 잘 진행하고 있는 거겠지?"

"물론입니다. 사용할 수 있는 모든 인원들을 이용해서 당소련과 당율의 거처를 감시하고 있으니 무슨 일이 있으면 곧바로 보고가 올라올 겁니다."

대답을 들은 당문추가 묵묵히 고개를 끄덕였다.

잠시 방 안을 서성이던 그가 다시금 자리에 앉아 생각에 잠겨 있을 때였다.

바깥에서 들려오는 소란에 당문추가 마주 앉아 있는 당희도를 바라봤다.

"바깥이 좀 시끄러운데."

"제가 나갔다가 오도록 하죠."

"그렇게 해."

말을 마친 당문추가 고갯짓을 했고, 당희도는 곧장 일어나 바깥으로 걸어 나갔다. 그리고 그가 나간 지 얼마 되지 않았을 무렵, 다급한 발걸음 소리가 울려오기 시작했다.

벌컥.

"원주님!"

소리를 내지르는 건 방금 전 바깥의 소란을 확인하러 움직였던 당희도였다. 당문추는 다급해 보이는 그 모습에서 뭔가 일이 벌어졌음을 직감했다.

그가 자리에서 벌떡 일어섰다.

"뭐야?"

"당소련이 은밀히 마차를 준비시키라고 했답니다."

"마차를?"

"예, 그것도 사두마차(四頭馬車)랍니다."

네 마리의 말이 이끄는 사두마차를 준비시켰다는 건 그만큼 큰 뭔가를 움직이겠다는 소리다. 그리고 그건 아마도…….

"……당율을 외부로 빼돌릴 생각이군."

"제 생각도 그렇습니다."

환자인 그를 눕혀서 이동시키기 위해 큰 마차를 준비하는 것이 분명했다.

외부에서 데리고 온 의원부터 해서 갑작스럽게 마차를 이용해 바깥으로 빼돌리려는 움직임까지.

당문추는 정신을 차리기 어려울 정도로 혼란스러웠다.

'대체 노리는 게 무엇이더냐.'

도통 감은 오지 않았지만 이런 상황에서 이 같은 일을 벌인다는 건 적어도 자신에게 좋지 않은 뭔가가 벌어질 거라는 의미였다.

표정을 잔뜩 일그러트린 채로 고민에 잠겨 있는 그를 향해 당희도가 조급한 어투로 말을 걸었다.

"이대로 보내실 생각이십니까?"

"……."

"원주님! 이러다가 정말로 당율이 눈을 떠서 우리에 대해 뭔가를 발설하게 된다면……."

"조용!"

쾅!

당문추가 주먹으로 탁자를 내리치며 버럭 소리를 내질렀다.

지금 상황이 좋지 않다는 것 정도는 누구보다 잘 알고 있는 그다. 그런 상황에 자꾸 옆에서 닦달을 하자 짜증이 치민 것이다.

당문추의 머리가 급하게 굴러갔다.

그가 물었다.

"마차는 한 대만 움직인다고 하더냐?"

"예, 확실하진 않지만, 저희 쪽에 알려진 바로는 그렇습니다."

사두마차가 제법 크긴 하지만 한 명을 눕혀서 움직일 생각이라면 그 안에 자리할 수 있는 인원은 몇 명으로 국한된다.

마부와 환자인 당율까지 해서 기껏해야 다섯 명 안팎일 터.

"지금 우리가 움직일 수 있는 인원은?"

현 사천당문의 실세 중 하나인 당문추다. 아무리 늦은 밤이라고 해도 그의 명령에 따라 움직일 무인의 숫자는 꽤나 많았다.

허나 지금 당문추가 물어보는 건 그런 일반적인 무인들의 숫자가 아니었다.

비밀리에 움직이고도 뒤탈이 없을 정말 극소수의 측근들을 묻는 것이다.

지금 그가 하려고 하는 건 같은 가문의 사람을 치는 일이었고, 그건 결코 드러나선 안 될 비밀이었다. 당연히 아무나 데리고 움직일 수는 없는 노릇.

그 사실을 알기에 당희도가 서둘러 숫자를 헤아렸다.

얼추 계산을 끝낸 그가 말했다.

"열…… 아니, 열한 명 정도 됩니다."

대답을 들은 당문추는 잠시 생각에 잠겼다.

이미 어느 정도 답을 내렸음에도 불구하고 쉽지 않은 결정. 그만큼 이번 결정은 중대한 일이었다.

그렇지만 고민의 시간은 길지 않았다.

쉼 없이 몰아치는 당소련의 움직임은 당문추에게 고민을 할 수 있는 여유조차 주지 않았으니까.

결단을 내린 당문추가 입을 열었다.

"……움직인다. 애들 모아. 마차가 어디로 움직일지 비밀리에 쫓을 놈도 붙여 두고."

"옙! 원주님!"

대답을 끝낸 당희도가 서둘러 바깥으로 달려 나갔다.

방 안에 홀로 남은 당문추는 한쪽에 걸어 두었던 장포를 몸에 걸쳤다. 그의 눈동자가 어두운 빛을 쏟아 내고 있었다.

당문추가 창 너머의 캄캄한 바깥을 응시했다.

'참으로 오래도 걸렸구나.'

사천당문의 주인이 되고 싶었지만, 형이자 가주인 당세종의 그늘에 가려 언제나 이인자로 살아야 했던 삶. 그 지겨웠던 삶에 이제는 마침표를 찍을 시간이 온 것이다.

당문추는 옆에 놓여 있던 명패를 손에 쥐었다.

지금 그가 이끄는 독륜원의 수장임을 상징하는 물건.

가주인 당세종이 독륜원을 맡기면서 축하한다며 직접 건네줬던 명패다. 언제나 허리에 차고 다니던 그 명패는 당문추에겐 애증의 대상이었다.

사천당문 최고의 세력인 독륜원을 이끄는 명예이기도 했지만, 오히려 자신의 한계를 말해 주는 것이었으니까.

나무로 된 명패를 당문추가 강하게 움켜쥐었다.

콰드득.

소리와 함께 명패가 조각조각이 나며 손가락 사이로 떨어져 내렸다.

박살이 난 명패를 내려다보며 그가 나지막이 입을 열었다.

"형님, 이해하시오. 난 이인자의 삶에 지쳤거든."

바닥에 흩어진 명패 조각들을 바라보자 우습게도 마음이 한결 가벼워졌다.

이미 주사위는 던져졌고, 이제는 물러서는 자가…… 죽는다.

*　　*　　*

당소련이 타고 있는 사두마차는 빠르게 달렸다.

사천당문을 빠져나오기 무섭게 관도를 타고 이동하기 시작한 마차는 곧장 남쪽을 향해 움직이고 있었다.

네 마리의 말이 끄는 만큼 마차는 꽤나 크고, 빨랐다. 그렇지만 그 마차보다 더욱 빠르게 움직이는 일련의 무리가 있었으니 그건 다름 아닌 당문추가 이끄는 암살대였다.

그들은 모두 검은 복장을 하고 있었고, 하나같이 빼어난 실력자들이었다.

뛰어난 경공 때문에 마차를 어렵지 않게 쫓고 있음에도 불구하고 그들은 섣불리 움직이지 않았다. 아무래도 위험부담이 큰 암습이니 만큼 결코 실패해서도, 누군가의 눈에 자신들의 존재가 드러나서도 안 됐다.

혹시나 번화가로 움직이면 어떻게 하나 하는 일말의 걱정이 있었지만, 다행히도 마차는 오히려 인적이 드문 길을 따라 점점 마을에서 멀어져 갔다.

그럼에도 불구하고 당문추는 한 시진 가까이 마차를 은밀히 뒤쫓기만 했다. 그만큼 더욱 완벽한 기회를 엿보고 있는 것이었다.

슉슉슉!

적당한 거리를 벌려 자신들이 뒤쫓는다는 걸 들키지 않게 하면서 내달리는 암살대의 움직임은 은밀했다.

암살대가 뒤쫓는 마차는 이미 마을에서 한참은 떨어진

곳에 왔고, 이제는 오히려 인적을 찾기 어려울 정도로 외곽으로 들어섰다.

거기다 시간은 늦은 밤.

모든 것이 딱 맞아떨어지고 있었다.

양쪽의 길 중 한쪽은 나무들이 가득했고, 덕분에 그곳에서 최대한 몸을 감추며 뒤쫓는 것이 가능했다.

그렇게 몸을 감춘 채로 한참을 뒤쫓던 중.

목적지가 어디인지 모르는 이상 슬슬 움직여야 할 때가 온 것이다.

수십 장 정도 떨어진 위치에서 뒤쫓던 당문추가 결국 결정을 내렸다.

선두에서 달리던 그가 손가락을 까닥였다.

그리고 신호와 함께 당문추가 속력을 올렸다.

파바박.

일부러 벌려 놓았던 마차와의 거리를 순식간에 좁히고 들어가는 당문추, 그리고 수신호를 받았을 때부터 수하들 또한 더욱 빠르게 경공술을 펼치기 시작했다.

거리는 제법 떨어져 있었지만. 순식간에 마차와 일직선상에 위치하게 된 암살대들. 그들은 속력을 유지한 채로 당문추에게 시선을 집중시켰다.

그의 명령이 떨어지면 곧바로 움직일 수 있도록 말이다.

당문추의 시선이 슬쩍 앞으로 향했다.

지금 자신들이 달리는 길목에 즐비한 우거진 나무들이 순간적으로 한산해지는 공간이 보였다.

당문추는 목 언저리에 둘러 놓았던 복면을 입가까지 끌어 올렸다. 혹시 모를 상황이 닥쳐도 얼굴을 들키지 않기 위함이었다.

촤르륵.

당문추가 순식간에 손가락 사이사이에 비수를 끼워 넣었다. 각 손마다 세 개씩 해서 여섯 개의 비수를 쥔 그가 고개를 끄덕였다.

나란히 달리고 있던 여타의 암살대 무인들 또한 복면을 쓴 채로 순식간에 각자의 암기를 뽑아 들었다.

목표는 오직 하나.

달리고 있는 저 마차였다.

이윽고 눈여겨봐 뒀던 장소에 도달하는 바로 그 순간이었다.

당문추의 손이 움직였다.

쉐엑!

동시에 옆에 있던 수하들 모두 마차를 향해 순식간에 암기를 쏟아 냈다. 날카로운 침을 시작으로 해서, 묵직한 힘이 실린 비수까지.

백여 개에 가까운 암기들이 거의 동시에 마차의 한쪽 벽면을 향해 날아들었다.

내공이 실린 공격, 당연히 나무로 된 마차의 외벽이 이를 버텨 낼 리가 없었다. 순식간에 마차의 외벽으로 암기들이 파고들었다.

푹푹푹.

헌데…….

캉캉캉.

외벽을 뚫고 들어간 직후에 들려오는 소리가 이상했다. 이건 분명 쇠끼리 부닥칠 때나 날 법한 그런 소리였으니까.

'캉?'

허나 그런 의아함은 길어지지 않았다.

히이잉!

말이 놀란 듯 다리를 치켜들었다가 내렸고, 마부는 다급히 말고삐를 쥐며 버티다 이내 마차에서 떨어져 내렸다.

마차가 달려 나갈 걸 염두에 둔 당문추가 빠르게 손을 움직였다. 재차 날아든 비수가 말과 마차를 연결해 둔 고리를 전부 끊어 버렸다.

놀란 말들은 각자 사방으로 달려 나갔고, 마차는 그 자리에서 균형을 잃고 앞으로 기우뚱 기울어졌다.

이미 한쪽 벽면은 암기가 꿰뚫고 지나가 구멍이 송송 뚫린 상태.

당문추와 수하들은 성큼 마차를 향해 다가갔다.

그가 입을 열었다.

"안에 확인하고 살아 있는 놈들이 있으면 모두 죽여."

이미 넝마가 되어 버린 마차의 외관.

안에 있는 이들이 살아 있을 리 없었다.

그렇게 마차를 향해 거리를 좁혀 가고 있는 그때였다.

쿵.

마차의 외벽이 울리며 들려온 묵직한 소리.

당문추가 미간을 찌푸렸다.

'누군가가 살아 있는 모양이군.'

어차피 안을 확인할 생각이었기에 그대로 성큼 다가서는 순간.

콰앙!

갑자기 자신들이 암기를 쏟아부었던 마차의 외벽 한 쪽이 통째로 날아들었다. 마차를 향해 다가가던 이들이 놀라 양옆으로 갈라졌다.

쿵.

그리고 이내 날아든 외벽이 바닥을 나뒹굴었고, 그렇게 드러난 마차의 내부.

그쪽으로 시선을 돌린 당문추의 눈동자가 흔들렸다.

가장 먼저 눈에 들어온 건 커다란 대검 한 자루였다.

그런데 그게 얼마나 큰지 마차의 절반 가까이를 차지하고 있다고 봐도 과언이 아니었다.

허나 문제는…….

"어휴, 갑갑해 죽을 뻔했네."

대검의 뒤편에서 죽는소리와 함께 자리에 누워 있던 누군가가 벌떡 일어났다.

그리고 그때 마차의 절반 가까이를 가리고 있던 대검이 움직였다.

쿠웅.

대검을 가볍게 바닥에 꽂아 넣으며 백아린이 마차에서 껑충 뛰어내렸다.

당문추는 죽립을 쓰고 있긴 했지만, 그 대검의 주인이 여인이라는 걸 단번에 알 수 있었다.

대검이 사라지며 드러난 마차 내부의 모습.

한쪽은 날아든 암기들이 관통하며 엉망이었지만, 대검이 막아서고 있던 공간은 달랐다. 오히려 파고든 암기들이 망가진 채로 마차 내부에 나뒹굴고 있었다.

그 모습을 보는 순간 당문추는 알 수밖에 없었다.

자신들이 날린 그 많은 암기가 저 대검 하나에 막혔다는 사실을.

마차를 타고 이곳까지 온 건 단 세 명이었다.

당율의 인피면구를 쓴 천무진과 당소련. 그리고 대검을 쥔 채로 마차에서 뛰어내린 백아린까지.

지금 이 모든 상황들이 선뜻 이해가 안 갔는지 당문추는 놀란 얼굴로 중얼거렸다.

"이게 대체 어떻게……."

"왜? 놀랐어?"

말과 함께 천무진이 마차에서 내려 당문추를 향해 성큼 다가갔다. 그런 그를 바라보던 당문추는 뭔가 평소 당율에게서 느끼지 못했던 이질감을 느꼈다.

말투도, 분위기도 너무나 달랐으니까.

그제야 당문추는 알 수 있었다.

"네놈…… 당율이 아니구나."

그의 중얼거림을 듣는 그 순간이었다.

천무진이 얼굴에 뒤집어쓰고 있던 인피면구에 손을 가져다 댔다.

찌이이익.

인피면구가 찢겨 나가며 이내 감춰 왔던 천무진의 얼굴이 드러났다.

그가 살기 가득한 얼굴로 미소를 지어 보였다.

*　*　*

천무진이 얼굴을 드러내고 당문추와 암살대들 앞에 모습을 드러낸 그때였다. 뒤편에 있던 백아린이 마차 한쪽에 놓여 있던 죽립을 집어 천무진에게 던졌다.

"받아요!"

휘리릭.

날아드는 죽립을 가볍게 받아 낸 천무진은 그걸 머리에 눌러썼다. 잠깐 얼굴을 드러내긴 했지만 중요한 건 뒤에 있는 당소련은 아직 보지 못했다는 점이었다.

앞에 있는 이들에게 잠깐 얼굴을 보인 건 큰 문제가 아니었다.

어차피 이들은 오늘 이곳에서 마무리될 테니까.

죽립을 어루만지던 천무진이 나지막이 중얼거렸다.

"상태가 엉망이구만."

대검의 방어 범위 바깥에 놓여 있었던 탓일까?

죽립 곳곳에 암기로 인해 듬성듬성 구멍이 나 있었다.

허나 이 정도로도 얼굴을 가리기는 충분했기에 천무진은 대수롭지 않았다.

죽립을 쓴 그가 천천히 고개를 들어 올릴 때였다.

뒤편에 있던 당소련이 치가 떨린다는 표정으로 입을 열

었다.

"복면을 쓴다고 알아보지 못할 거라고 생각하셨어요? 숙부님?"

"……."

자신을 부르는 당소련의 목소리에 당문추는 꽤나 복잡했다. 이미 뻔히 알고 있을 터인데 아닌 척하는 것도 우스운 상황이었다.

당문추는 숨기지 않고 자신의 목소리로 말을 받았다.

"설마 이 모든 것이 함정이었던 거냐?"

"그럼. 그리고 그 함정에 넌 멍청하게도 훅 빠져 버렸고."

당소련 대신 천무진이 답했다.

그에게 잠시 시선을 돌렸던 당문추가 대꾸했다.

"함정에 빠졌는지 아닌지는…… 아직 모르는 법이지."

생각지도 못한 수에 당해 뒤통수가 얼얼한 건 사실이다. 그렇지만 결국 이곳에서 이들 모두를 죽이고 살아서 돌아갈 수만 있다면, 결국 처음 자신이 계획한 것과 무엇이 다르단 말인가.

이왕 이렇게 된 것 당문추는 자신의 욕심을 숨기지 않았다.

"미안하구나, 련아. 하지만 나는 형님이 가진 그 자리를 가지고 싶구나."

"아무리 권력에 욕심이 난다고 해도 인간으로선 해선 안 될 짓이 있는 법입니다, 숙부."

"안타까운 일이지. 나 또한 당백 형님과 당율 전주를 죽이고 싶지는 않았다. 허나 어쩌겠느냐. 그들이 나의 앞길에 방해가 된다면…… 혈육이라 한들 죽일 수밖에."

"……갈 데까지 갔군요."

애초에 대화로 풀 수 있을 거라 생각지도 않았고, 또한 그럴 상황도 아니었다.

그런 그녀를 향해 당문추가 입을 열었다.

"그리고 하나 더 미안할 일을 해야겠구나."

말과 함께 당문추가 품에서 비수를 꺼내어 들었다. 그리고 동시에 뒤편에 서 있던 다른 수하들 또한 마찬가지로 무기를 뽑았다.

흉흉한 살기를 뿜어내며 당문추가 말을 이었다.

"나를 위해…… 너도 죽어 줘야겠구나."

그의 말을 들으며 당소련은 끔찍하다는 듯 눈을 질끈 감았다.

둘의 대화를 옆에서 지켜보기만 하던 천무진이 말했다.

"이제 저자의 신변, 제 마음대로 해도 되겠습니까?"

아무리 적이라고 해도 사천당문의 직계.

그녀는 자신이 천룡성의 사람이라는 건 모르지만 추후에 불거질 수 있는 일을 대비해 미리 양해를 구하는 것이었다.

그리고 천무진의 말에 당소련이 고개를 끄덕였다.

"마음대로 하세요."

"……허락이 떨어졌으니 그럼."

말과 함께 천무진이 검을 뽑아 들었다.

뒤편에 서 있던 백아린이 물었다.

"어떻게 할까요? 저도 도울까요?"

"아니, 공격은 내가. 그리고 방어는 당신이."

"흐음, 뭐 그렇게 하죠."

백아린은 단번에 천무진이 말하고자 하는 바를 알아차렸다. 당소련의 실력 또한 나쁘진 않았지만, 어제 있었던 일로 부상이 꽤나 심했고, 그와 더불어 상대의 숫자도 많았다.

아마도 저들의 일차 목표는 결국 당소련이 될 것이다. 그녀만 죽인다면 오히려 추후의 이 모든 일을 자신들에게 뒤집어씌울 수 있다 여길 테니까.

그랬기에 천무진은 자신이 마음껏 날뛸 수 있도록 백아린에게 당소련의 호위를 부탁한 것이다.

말과 함께 앞으로 다가오는 천무진을 보며 당문추가 비웃음을 흘렸다.

사천당문은 오대세가 중의 하나다.

거기서도 특별히 실력 있는 이들로 구성된 암살대. 당연히 이들의 실력이 약할 리가 없다. 그런 자신들을 막겠다며 홀로 나선 젊은 무인 한 명, 실로 우습지 않은가?

잠깐 본 무척이나 낯선 얼굴.

그에 반해 자신은 누구인가?

사천당문에서 세 손가락 안에 드는 고수이자, 전 중원으로 치면 백 위 정도에 근접한 실력자다.

거기다 뒤에 있는 수하들까지.

그때 이곳까지 동행한 측근인 당희도의 전음이 날아왔다.

『당소련은 어떻게 할까요?』

『싸움이 시작되면 도망치려 할 공산이 크니, 내가 시선을 잡는 사이에 재빠르게 제거해. 가장 먼저 죽여야 할 목표니까.』

당문추의 말에 당희도는 작게 고개를 끄덕였다.

전음을 주고받은 그는 곧바로 점점 거리를 좁혀 오는 천무진을 향해 조롱 섞인 말을 내뱉었다.

"네놈이 누군지는 모르지만, 기가 막히는군그래. 고작 혼자서 우리를 막을 성싶더냐? 적어도 우리를 잡으려고 했다면…… 갑절은 되는 스무 명 이상의 인원은 배치했어야지."

말과 함께 비수를 치켜드는 당문추.

그런 그를 향해 천무진은 입가에 비웃음을 가득 머금은 채로 대꾸했다.

"기가 막히는 건 이쪽이라고. 날 상대할 거였다면……."

싸아아.

갑자기 밀려오는 바람에 당문추와 암살대 인원들의 옷자락이 펄럭였다. 순간 알 수 없는 묘한 불안감이 그들을 뒤덮었다.

천무진에게서 뿜어져 나오는 기운이 주변의 모든 걸 조금씩 뒤흔들기 시작했기 때문이다.

그가 입을 열었다.

"……사천당문 전원이 움직였어야지."

"무슨 개소리야?"

말과 함께 천무진의 검이 아래에서부터 대각선 위쪽으로 휘둘러졌다. 먼 거리에서 허공을 베는 묘한 움직임, 그렇지만 그 안에는 신묘한 힘이 담겨 있었다.

일순 검이 움직인 검로에 맞춰 아지랑이가 일 듯 주변이 흔들거렸다.

그리고 이내 밀려드는 거대한 힘.

스윽.

천무진의 주변으로 자잘한 꽃잎의 형상을 한 기운이 흔들리기 시작했다.

천룡비공(天龍飛功) 무수화(無數花).

처음엔 바람에 휘날리듯 움직이던 꽃잎의 기운이 갑자기 거친 파도가 되어 밀려 나갔다.

정체를 알 수 없는 그 공격을 마주하고 있던 당문추는 섬뜩했다.

'이건…… 뭐지?'

허나 고민할 여유는 없었다.

콰아아악!

밀려오는 기운.

그가 다급히 비수를 앞으로 들이밀며 빠르게 검기를 쏟아 냈다.

파라라락!

허나 검기는 꽃잎에 파묻히며 형체도 없이 사그라졌다. 그제야 당문추는 갑작스레 자신에게 찾아온 이 불안감의 정체를 알 수 있었다.

그가 소리쳤다.

"호신강기를 펼쳐라!"

말과 함께 앞으로 내민 그의 손에서부터 주변으로 막이 형성됐다. 그리고 그 순간 당문추를 시작으로 하여 그 주변에 있던 이들이 모두 꽃잎에 휩쓸렸다.

바로 그때였다.

콰앙!

폭발음과 함께 주변의 모든 것들이 터져 나갔다.

순식간에 천무진의 정면에 있는 공간이 일그러졌다. 그 모습을 뒤에서 바라보고만 있던 당소련은 놀란 듯 눈을 크게 치켜떴다.

직접 뒤에서 보았는데도 불구하고 지금 이 광경을 믿을 수가 없어서다.

무인이기에 알 수 있었다.

지금 이 무공이 얼마나 말도 안 되는 것인지를.

자신도 모르게 당소련이 비명을 내질렀다.

"맙소사!"

기겁한 그녀가 곧이어 옆에 있는 백아린을 향해 시선을 돌렸다. 죽립을 쓰고 있는 바람에 코 아래 정도밖에 보이지 않아 어떤 표정인지는 정확히 알 수 없었지만…….

놀란 듯 슬쩍 벌려진 입.

백아린 또한 천무진의 무공에 적잖이 놀란 것이다. 그녀는 진심으로 감탄하고 있었다.

'이게 천룡성의 무공인가?'

과연 천하의 주인이라 불리는 그들에게 어울릴 법한 파괴력을 지닌 무공이라는 생각이 절로 들었다.

허나 감탄을 하면서도 백아린은 천무진의 움직임에서 시

선을 떼지 않았다. 아직 끝나지 않았다는 걸 느끼고 있었으니까.

순간 엉망이 되면서 피어오른 흙먼지 사이로 무엇인가가 날아들었다.

백아린이 성큼 걸음을 내디디며 당소련의 앞을 가로막았다.

날아드는 뭔가가 그녀의 시야에 들어왔다.

단순한 비수나 독침 같은 암기가 아니었다.

동그란 구체, 특수 제작된 암기가 분명했다. 그리고 당소련은 그것의 정체를 곧바로 알아차렸다.

"위험해요! 그건……!"

허나 채 목소리가 이어지기 전에 이미 암기에서는 변화가 일어났다.

드르르륵.

소리와 함께 구체에 나 있는 수백여 개의 구멍에서 기다렸다는 듯 비침들이 쏟아져 나왔다.

사천당문에서 특별하게 제작한 암기.

일명 귀사구(鬼死球)라는 물건이었다.

주먹만 한 크기의 원형 구체에 이백 개가 넘는 비침이 숨겨져 있다. 간단한 조작만으로 그 안에 숨겨져 있던 독이 발려진 비침들이 쏟아져 나오는 대량살상용 암기인 셈이다.

귀신조차 죽인다는 이름답게 엄청난 위력을 가진 물건이었다.

그런 파괴력을 지닌 귀사구가 정확하게 당소련을 노리고 날아든 것이다.

백아린이 앞을 가로막는 것과 동시에 주변으로 이백 개가 훌쩍 넘는 비침들이 터져 나갔다.

팡팡팡!

놀란 당소련의 비명이 들려오는 그때.

백아린은 당소련을 뒤로 슬쩍 밀치며 다른 손에 들린 대검을 움직였다.

파라라락.

미묘할 정도로 적은 거리를 뒷걸음질 치며 백아린의 대검이 날아드는 모든 비침들을 바깥으로 밀어내 버렸다.

그리고 이내 귀사구가 안에 남아 있는 마지막 비침들을 마저 쏟아 내려는 찰나였다.

그녀의 대검이 정확하게 날아들었다.

팍.

대검이 귀사구의 바로 앞에 틀어박혔고, 당연히 그쪽 방향에서 나와야 할 비침들은 곧장 대검에 막혀 백아린과 당소련 쪽으로는 단 하나도 날아들지 못했다.

너무도 깔끔하고 완벽한 방어.

천무진의 무공에 놀랐던 당소련은 이번엔 백아린으로 인해 재차 기겁할 수밖에 없었다.

말도 안 될 정도로 놀라운 장면들을 연거푸 보여 준 두 사람. 그런데 이런 상황이 마음에 안 들었는지 백아린이 천무진을 향해 툴툴거렸다.

"왜 보고만 있어요?"

"이 정도에 당할 실력은 아니잖아?"

천무진은 백아린의 무공 실력에 대해 아직 전부 알지는 못했다. 하지만 겨우 이 정도 공격으로는 그녀의 방어를 뚫지 못할 거라는 확신이 있었다.

만약 이 정도의 믿음조차 없었다면 애초에 천무진은 당소련의 호위를 백아린에게 맡기지도 않았을 게다.

오히려 당연히 막을 줄 알았다며 뻔뻔스레 대답하는 천무진의 모습에 백아린이 고개를 절레절레 저을 때였다.

"크윽."

뭉게뭉게 피어오른 흙먼지 너머에서 들려오는 나지막한 신음 소리는 다름 아닌 당문추의 것이었다. 이윽고 흙먼지가 걷히며 안쪽의 상황이 눈에 들어왔다.

네 명을 제외한 나머지 인원들은 천무진의 공격에 모두 쓰러져 있었다. 그리고 버티고 선 넷조차 그리 멀쩡한 상태는 아니었다.

거친 숨을 몰아쉬는 당문추의 눈빛은 누가 봐도 알 정도로 크게 흔들리고 있었다.

단 일격에 자신이 끌고 온 암살대 대부분을 쓸어버린 남자, 거기에 시야가 막힌 상태에서 내던진 비장의 암기마저 다른 인물에게 막혔다.

게다가 자신의 몸 상태 또한 엉망이었다.

피투성이가 된 팔과 다리, 이마에서 터져 나온 피는 계속해서 시야를 가렸다.

가슴을 움켜쥔 채로 고통스러운 표정을 지어 보이는 당문추를 향해 천무진이 대수롭지 않게 말했다.

"엄살은. 죽지 않을 정도로 힘 조절을 했는데 벌써 이럴 필요는 없잖아."

단 일격에 이 같은 말도 안 되는 광경을 만든 자의 입에서 나온 말에 당문추는 더욱 기가 찼다. 이 믿기 어려울 만한 상황들이 힘 조절을 한 것이었다는 말이 아니던가.

당문추가 입을 열었다.

"……봐줬다고?"

"그럼. 너희를 곧장 죽일 생각은 없거든."

이곳에 있는 이들은 여러 가지 이유로 필요했다.

당문추를 통해 자신이 찾고 있는 그들에 대한 단서를 얻어야 했고, 뒤에 있는 수하들은 오늘 있었던 이 암살 계획에 대한 증인이 되어 줘야 했다.

이미 이 장소에 이들이 온 것만으로도 어느 정도 증거는 충분했지만, 저들이 증인이 되어 준다면 보다 설득력이 커질 테니까.

순식간에 궁지에 몰린 당문추가 어쩔 줄 몰라 하는 그때였다.

당희도의 전음이 날아들었다.

『워, 원주님 이대로 가다가는 사달이 벌어질 겁니다. 어떻게든 방법을…….』

『망할 새끼야! 좀 닥쳐!』

뒤편에서 들려오는 당희도의 전음에 와락 분노가 치민 그가 욕설을 내뱉었다.

그라고 어떻게든 방법을 찾아내야 한다는 걸 어찌 모를까.

허나 뭔가를 한다 해서 뒤바꿀 수 있는 것은 없다 해도 과언이 아니다. 너무도 압도적인 무력 차이를 실감했으니까.

그렇다면 지금 자신이 할 수 있는 최선의 선택은…… 역시나 당소련의 제거였다.

아까도 상황이 좋지 않게 흐르자 어떻게든 당소련부터 제거하려 했다. 허나 놀랍게도 자신이 던진 비장의 암기였던 귀사구가 너무도 수월하게 막혔다.

이것보다 더욱 위력적인 암기는 가지고 있지 않았고, 설령 있다 한들 저 정체불명의 대검을 든 여인이 막아 낼지도 모른다는 생각이 들었다.

그렇다면 남은 수는 단 하나.

당문추가 이를 악물었다.

'나에게 암기만 있다고 생각하면 오산이다.'

바로 독이었다.

독이라면 먼 거리에서도 당소련을 중독시킬 수 있었고, 암기처럼 당장 보이는 것이 아니니 은밀하게 하독할 수만 있다면 막아 낼 수 없다.

슬쩍 왼쪽 손의 손가락을 소매 안쪽으로 당겨 넣으려는 그때였다.

"어디서 수작질이야?"

천무진이 말과 함께 검을 앞으로 내뻗었다.

그러자 무형의 기운이 하얀빛이 되어 날카롭게 파고들었다. 당문추가 황급히 손에 들고 있는 비수로 날아드는 기운을 받아 내려 했지만…….

파앙!

비수가 깨어져 나가며 파고들었던 빛이 그의 왼쪽 어깨마저 관통했다.

"으으윽!"

어깨의 힘줄이 끊어지니, 독을 하독하기 위해 소매 안쪽으로 움직이던 손은 덜렁거리며 매달려만 있을 뿐, 이미 제 기능을 상실한 상태였다.

천무진이 그런 당문추를 향해 성큼 다가서며 입을 열었다.

"개인적으로 단둘이 해야 할 이야기가 있을 거 같은데 말이야."

말과 함께 천무진의 주먹이 움직였다.

휘휘.

팔을 몇 번 휘젓는 그 순간 그의 주먹에서 뻗어져 나간 권기가 뒤편에 버티고 서 있던 나머지 암살대를 덮쳤다. 뻗어져 나간 권기는 그들 모두의 가슴팍을 정확하게 파고들었고, 그들은 약속이라도 한 것처럼 동시에 허공으로 치솟았다가 바닥으로 떨어져 내렸다.

쿠웅.

바닥으로 널브러진 수하들을 향해 시선을 주던 당문추가 다급히 앞으로 고개를 돌릴 때였다.

스윽.

"흡!"

어느새 코앞까지 다가와 얼굴을 들이밀고 있는 상대를 본 당문추가 놀란 듯 숨을 들이켰다. 거리는 지척이었고, 당문추는 비수를 사용하는 데 능숙한 자였다.

분명 자신이 공격을 펼치기 용이한 거리였는데…… 이상하게 손가락 하나 꿈틀할 수가 없었다.

목구멍으로는 마른침이 넘어갔고, 등과 이마에는 식은땀이 흘러내렸다.

지척에 있는 천무진의 손이 천천히 그에게 다가갔다. 당문추는 자신도 모르게 눈을 질끈 감았다. 하지만 천무진의 손이 향한 곳은 그의 얼굴을 가리고 있는 복면이었다.

턱 아래로 길게 내려져 있는 복면의 끝을 움켜쥔 천무진이 그걸 아래로 잡아당겼다.

탁.

복면을 벗겨 낸 천무진이 맨얼굴의 그를 보며 입을 열었다.

"이제야 제대로 만나네. 반갑다, 당문추."

9장. 십천야(十天夜) — 맞구나

당문추와 그를 따랐던 최측근 모두가 제압당한 채로 마차 옆에 일렬로 자리하고 있었다. 그들은 모두가 혈도를 점혈당하고 있어 입을 열 수 없었고, 움직이는 것도 불가능했다.

천무진이 파 놓은 함정에 빠져 결국 오랫동안 감춰 놨던 추악한 속내를 드러내고야 만 당문추.

그는 이 싸움으로 인해 모든 걸 잃고야 말았다.

다른 것도 아닌 혈육까지 죽이며 권력에 욕심을 냈다는 사실이 드러나게 된 이상 그의 몰락은 너무도 당연했다. 곧장 이들을 끌고 사천당문으로 돌아가지 않고, 이곳에서 조사단을 기다리는 건 확실히 이 일을 매듭짓기 위해서였다.

이들만 끌고 돌아간다면 당문추가 또 어떤 거짓말로 상황을 모면하려 할지 몰랐으니까.

그랬기에 당소련은 마차를 끌고 왔던 마부에게 지금 상황에 대해 그대로 보고하라며 미리 준비해 두었던 서찰을 건넸다.

마부는 곧바로 사천당문으로 갔고, 서찰이 전해지는 즉시 조사단이 이곳으로 올 것이다. 조사단이 오면 당문추가 이곳에서 벌인 일을 확인하는 건 그리 어렵지 않을 게다.

싸움의 흔적과 당문추가 사용하는 암기들.

거기에 증인이 되어 줄 당문추 쪽 사람들까지.

여태까지 모아 놓은 증거들과 지금의 이 상황까지 합쳐지면 당문추는 빠져나갈 방도가 없었다.

그렇게 사천당문의 조사단이 오기를 기다리는 시간.

천무진이 마차 옆에 잡혀 있는 당문추를 향해 다가갔다.

마차 옆에 서 있던 백아린과 당소련의 시선이 그에게로 향했다. 천무진이 당문추를 가리키며 말했다.

"이놈 좀 잠깐 빌려 가도록 하죠."

"지금요?"

"알고 싶은 게 좀 있어서 말입니다."

"곧 조사단이 도착할 테고 그들을 통해 알아내는 것이 더 낫지 않을까 싶은데……."

괜한 문제가 생길 것이 걱정인지 당소련이 조심스레 말꼬리를 흐렸다. 그런 그녀를 향해 천무진이 말을 이었다.

"사천당문과 별개로 제 개인적인 용무라서요."

천무진의 말에 당소련이 슬쩍 백아린을 바라봤다.

사실 그녀는 천무진의 정체를 알지 못한다.

자신의 목숨을 구해 줬고, 그 이후로도 당문추를 막아 내는 데 일등 공신인 건 사실이었지만 그렇다고 해서 정체도 모르는 사람을 막연하게 믿을 순 없는 노릇이다.

당소련이 보내는 시선의 의미를 알았는지 백아린이 말했다.

"믿어도 될 분이에요. 적화신루의 이름을 걸죠."

신분이 확실한 백아린의 대답을 듣고서야 당소련이 알겠다는 듯 고개를 끄덕였다.

"총관께서 그리 말씀하시니 저도 믿죠. 큰 신세를 지기도 했고요."

뒤에서 당문추 일행을 쓸어버리는 천무진의 무위를 두 눈으로 직접 본 당소련이다.

오랜 시간 무림에 몸담아 온 그녀에게도 큰 충격을 줬을 정도의 실력.

온 무림을 뒤져도 이 정도의 실력자를 찾는 건 그리 간단한 일이 아닐 게다.

죽립을 쓰고 있어 얼굴은 볼 수 없었지만, 분명 자신이 아는 무림의 이름난 최고수 중 하나일 거라 판단했다.

물론 그렇게 보기에는 목소리나 이런저런 부분에서 너무 젊다는 느낌을 풍겼지만.

당문추를 향해 성큼 다가간 천무진이 곧바로 그를 어깨에 둘러업었다.

"허락을 받았으니 잠시 빌리겠습니다."

비밀리에 나눠야 할 대화였기에 천무진은 당문추를 짊어진 채로 걸음을 옮겼다. 그렇게 그는 목소리가 들리지 않을 정도로 떨어진 곳에 이르러서야 발걸음을 멈췄다.

천무진이 아무렇지 않게 그를 바닥에 내팽개쳤다.

몸과 입은 움직일 수 없었지만, 정신은 멀쩡한 상태였다. 그랬기에 당문추는 두 눈을 부릅뜬 채로 자신을 내려다보는 천무진을 노려봤다.

당장이라도 씹어 먹을 것처럼 무섭게 노려보는 당문추의 시선에 천무진이 피식 웃으며 말했다.

"잔뜩 화가 난 모양이네? 허기야 그동안 쌓아 왔던 모든 것이 하루아침에 무너졌는데 아무렇지 않으면 그게 이상하겠지."

말을 마친 천무진이 잠시 그를 내려다보다 이내 생각난 듯 말을 이었다.

"아 참, 혈도를 풀어 줘야 대답을 하겠군."

말과 함께 천무진은 당문추의 아혈을 풀어 줬다.

덕분에 그는 움직일 순 없었지만, 말을 하는 건 가능해졌다.

바닥에 누워 있는 덕분에 그는 어둠 속에서도 천무진의 얼굴을 똑똑히 볼 수 있었다. 처음 나타날 때 보긴 했지만 이렇게 더욱 또렷하게 보니 다시금 의문이 맴돌았다.

이 얼굴…… 본 기억이 없다.

그런데 대체 그 무공은 무엇이란 말인가?

무림에서 알아주는 고수인 자신이 마치 어린아이라도 된 것처럼 그의 손바닥 위에서 놀아났다. 말도 안 되는 실력 차.

당문추가 입을 열었다.

"무림에서 너 같은 놈을 본 적도, 들어 본 적도 없다. 뭐하는 자인가?"

막혀 있던 아혈이 풀린 직후라 그런지 그에게서 가래 끓는 듯한 목소리가 흘러나왔다.

자신에게 누구냐고 묻는 당문추를 향해 천무진이 대꾸했다.

"네 질문을 받고 싶어서 아혈을 풀어 준 게 아니야. 내가 듣고 싶은 게 있는 것뿐이지."

"……넌 지금 실수를 하는 거다. 당소련에게서 무엇을 받기로 하고 손을 잡은 건지는 모르겠지만 날 건드린 대가로 넌 죽을 테니까."

말을 내뱉으며 당문추가 입가에 미소를 지어 보였다.

확신 가득한 목소리.

그걸 듣고 있던 천무진이 이내 입을 열었다.

"네 뒤에 있는 그들이 그리도 대단한가 보지?"

천무진의 그 한마디에 당문추가 움찔했다.

단 한 번도 자신의 뒤에 있는 그들에 대해 언급한 적이 없다.

그런데 처음 보는 자가 먼저 그 이야기를 꺼낸 것이다.

당황했지만 당문추는 애써 태연한 척 말을 꺼냈다.

"……내 뒤에 있는 그들이라니?"

"발뺌이라도 할 생각인가 본데, 그러기엔 네 생각보다 내가 아는 것이 많거든. 그놈들이랑 십수 년이 넘게 지독한 악연으로 얽혀 있어서 말이야."

"미친 자식. 무슨 헛소리야? 도통 무슨 소린지……."

쾅!

벼락처럼 뽑혀진 천무진의 검이 당문추의 볼을 스치고 지나가며 땅에 박혔다.

주르륵.

얇은 실에 베인 것 같은 상처에서 피가 흘러내렸다. 순간 놀랐지만 당문추는 애써 놀란 감정을 추슬렀다.

땅에 박아 넣은 검을 쥐면서 덩달아 낮춰진 천무진의 몸.

한쪽 무릎을 바닥에 댄 채로 검을 쥐고 있던 그가 누워 있는 당문추를 향해 자신의 얼굴을 들이밀었다.

주먹 두어 개 정도 들어갈 만큼 좁혀진 두 사람의 얼굴.

두 눈동자에서 꿈틀거리는 살기를 느껴서인지 점혈을 당해 움직이지 못하는 와중에서도 당문추는 자신의 손이 떨리는 듯한 착각이 들었다.

그만큼 마주하고 있는 천무진에게서 쏟아져 나오는 살기는 치명적이었다.

얼굴을 들이민 그가 입을 열었다.

"어디서 되지도 않는 말장난이야? 고작 네깟 놈 하나를 잡으려고 내가 나타났다고 생각했나. 애초부터 내가 잡으려는 건 너 따위가 아니라…… 네 뒤에 있는 그놈들이다."

"……."

천무진의 말에 당문추는 침묵했다.

몇 마디 대화를 나누며 알아 버렸다.

지금 자신을 잡고 있는 이 사내는 확실하지 않은 걸로 떠보고 있는 것이 아니다. 그들에 대해 확실히 알고 있고, 또한 자신이 연루되어 있다는 것도 이미 아는 게 분명했다.

허나…….

"크, 크크크!"

당문추가 웃음을 흘렸다.

그런 그의 행동에 천무진이 맘에 안 든다는 듯 표정을 살짝 찡그릴 때였다.

"그래서? 나한테 묻고 싶은 게 뭔데? 그런데 이거 어쩌나. 난 아는 것이 별로 없는데."

마치 이거 어쩌냐며 놀리는 듯한 말투.

천무진을 도발하려 했던 당문추, 그렇지만 아쉽게도 그런 그의 계획은 먹히지 않았다.

천무진이 손으로 당문추의 턱을 움켜쥐고는 오히려 조롱하듯 말했다.

"네가 뭐라도 되는 줄 알고 착각을 하는 것 같은데 애초에 너한테서는 그리 큰 걸 바라지도 않았어. 너 같이 별 볼 일 없는 자에게 자신들의 실체를 드러낼 정도로 어수룩한 놈들이 아니거든."

그 수법이 어땠든 간에 천룡성의 무인인 자신을 십수 년이 넘게 꼭두각시로 만들어 버린 자들이다. 그런 그들이 아무에게나 자신들의 본모습을 보였을 리가 없다.

하물며 겨우 이런 작자에게 중요한 비밀을 드러냈을 그들이 아니다.

천무진의 말에 당문추의 미간이 부들부들 떨렸다.

뭐라고 대꾸하고 싶었지만 아쉽게도 그의 말이 맞았다.

그들에 대해 뭔가 이야기할 만한 것 자체가 없었고, 그 말은 곧 상대의 말대로 자신은 하찮은 잔챙이라는 걸 증명하는 꼴밖에 되지 않았으니까.

그저 엄청난 힘을 가졌다는 사실과 중원 곳곳에 그들의 사람들이 퍼져 있다는 것 정도만이 당문추가 아는 전부였다.

허나 그 정도야 천무진 또한 이미 당연히 추측하고 있던 바.

천무진이 물었다.

"네가 그들에 대해 아는 건 아마 없을 거야. 있어 봤자 거짓이거나, 아니면 나 또한 짐작하고 있을 별 볼 일 없는 사실이겠지. 그러니 난 너한테 그들에 대해 물을 생각이 없어. 너에게 묻고 싶은 건 단 하나."

쓰러져 있는 당문추와 잠시 시선을 맞추고 있던 그가 천천히 말을 이었다.

"……그들이 너에게 시킨 것이 뭐냐는 거지."

당문추에게서 알아야 할 건 그것이었다.

그들이 당문추에게 원했던 것이 무엇인지. 그리고 결론적으로 그걸 통해 그들의 목적을 알고자 했다. 그래야만 그들의 진짜 정체에 한발 다가갈 수 있었으니까.

천무진의 말에 당문추가 실소를 흘리며 대꾸했다.

"모든 걸 망친 네게 내가 뭔가를 이야기해 줄 거라 생각했더냐?"

"하게 될 거야. 그 입 어떻게든 열게 만들 생각이거든."

"고문이라도 하겠다는 건가?"

"필요하다면 그 이상이라도 얼마든지."

어떻게든 그 답을 받아 내겠다는 듯 뜨거운 시선을 보내오는 천무진을 바라보던 당문추가 대답했다.

"좋아, 말해 주지."

생각지도 못한 순순한 반응.

천무진이 오히려 의심스러운 시선으로 그를 바라보며 말을 꺼냈다.

"뭐야? 이렇게 쉽게 말해 줄 거라 생각 못 했는데."

"맞아. 사실 네 질문에 어떤 대답도 해 주지 않을 생각이었는데, 이 질문이 네가 묻고자 하는 것이라면 오히려 너무 상관이 없을 것 같아서."

"상관이 없다고?"

이해가 안 간다는 듯 되묻는 천무진을 향해 당문추가 답했다.

"그들이 내게 바란 건 하나였지. 내가 하고 싶은 대로 할 것. 아, 종종 필요하면 사천당문의 독을 대 주기도 했지. 그건 너도 알고 있을 거 같은데."

"……그게 다야?"

"아마도?"

말을 하며 입가에 실소를 머금은 당문추를 바라보던 천무진이 천천히 몸을 일으켜 세웠다.

머리가 복잡해졌다.

애초에 많은 걸 알지 못할 거라 여겼다. 그랬기에 그가 한 일을 바탕으로 그들의 목적을 어느 정도 알아보려 한 거였는데…….

'쉽진 않겠군.'

생각보다 알아낸 것이 너무 없었다.

하지만 그래도 아예 소득이 없는 건 아니다.

사천당문에 뻗쳐 있던 마수를 일차적으로 걷어 냈고, 그들의 목적이 당문추가 원하는 것과 일맥상통한 부분이 있을 거라는 사실을 알게 됐으니까.

이후의 것들은 조사를 통해 보다 많은 걸 알아내야 했다. 어차피 사천당문으로 잡혀간 이후에도 당문추는 계속 심문을 받을 것이고, 그걸 통해 또 다른 뭔가를 알아낼 수도 있다.

천무진은 멀리에서 들려오는 사람들의 소리를 들으며 그쪽으로 시선을 돌렸다.

아무래도 사천당문의 조사단이 도착한 모양이다.

천무진이 바닥에 누워 있는 당문추를 힐끔 쳐다보며 말했다.

"아무래도 헤어질 시간이 된 것 같네. 하지만 이대로 끝이라고는 생각하지 말라고. 널 계속 쥐어짜서 하나라도 더 알아낼 계획이거든."

"……그 재수 없는 상판대기는 그만 봤으면 좋겠는데."

자신의 모든 계획을 망친 정체불명의 주범 두 명 중 하나.

볼 때마다 부아가 치밀 것이다.

쌓아 온 모든 걸 잃었고, 앞으로 어떤 일이 벌어질지 장담할 순 없지만 적어도 그 미래가 잿빛일 거라는 건 분명했다.

지금은 애써 태연한 척하고 있었지만 사실 당문추의 입장에선 하늘이 무너진 것이나 진배없었다.

당문추의 말을 들으며 천무진은 천천히 손가락을 뻗었다.

그의 손가락 끝에 내공이 모이기 시작했다.

아혈을 제압하기 위해 가볍게 지공을 쏘아 내려는 것이다. 그렇게 손가락으로 당문추를 겨눈 채 천무진이 대답했다.

"안타깝게도 네 바람은 들어주지 못할 것 같네. 난 네가 죽을 때까지 괴롭혀 줄 생각이거든."

*　　*　　*

다시 혈도를 제압한 당문추를 당소련에게 인도한 직후 천무진은 백아린과 함께 빠르게 모습을 감췄다. 그곳에서 많은 이들에게 노출되고 싶지는 않았던 탓이다.

그렇게 곧바로 거처를 향해 움직이기 시작한 두 사람은 나란히 걷고 있었다.

꽤나 긴 시간 얼굴을 가리고 있었던 탓에 답답했는지 백아린은 죽립을 풀고는 밤바람과 마주했다.

그녀가 입을 열었다.

"꽤나 긴 이틀이었네요."

사공량에게 납치를 당했다가 당소련을 구해 냈고, 그 이후엔 가짜 당율을 연기하며 사천당문 내에서 해선 안 될 일을 벌여 대던 당문추를 잡아냈다.

하나하나가 꽤나 큰 사건들이었는데 고작 이틀 안에 이 모든 것들이 일어났다.

정신없이 휘몰아친 사건들.

덕분에 백아린은 상당히 피곤했다.

그녀가 걷는 와중에 길게 기지개를 펴며 소리를 토해 냈다.

"으으."

"입 닫아. 벌레 들어가겠다."

"아, 이런. 아무리 배고파도 그건 좀 별로네요."

말도 안 되는 천무진의 농담을 백아린이 웃으며 받아 줬다.

그녀의 대답에 천무진은 고개를 끄덕였다.

생각해 보면 하루 종일 뭐 하나 먹지 못하고 바삐 움직여야만 했다. 제대로 잠도 못 자는 와중에, 식사조차 챙기지 못할 정도의 상황들이 벌어졌으니까.

그걸 알기에 천무진이 진심을 담아 백아린에게 말했다.

"고생했어."

"고생은요. 하루 종일 시체처럼 누워 있던 건 당신이잖아요."

"지루하긴 했지만 잠은 잤으니까. 그쪽은 잠도 못 잤잖아."

"겨우 하루인데요, 뭘."

"슬슬 그냥 써먹기에 미안할 정도인데."

어느 순간부터인지 백아린에게 큰 고마움을 느끼고 있는 천무진이다. 오래된 천도의 맹약과 정보 단체로서 얻을 수 있는 이득 때문에 도와주고 있다고는 하지만 그녀는 생각보다 더 큰 조력자가 되어 주고 있었으니까.

천무진의 말에 백아린이 곧장 답했다.

"미안하면 성의를 보이시면 되죠."

"성의? 어떻게 보여 주면 되는데?"

"정보 단체한테 성의라면 이거 아니겠어요?"

손가락을 말아 엽전 모양을 취한 그녀의 모습에 천무진이 픽 웃음을 터트렸다. 생긴 것과 어울리지 않는 행동에 웃어 버리고야 만 것이다.

웃는 천무진을 바라보며 마찬가지로 미소를 짓고 있던 백아린이 이내 뭔가 생각이 났는지 양 손바닥을 마주쳤다.

"아, 말이 나와서 그러는데 적화신루에 잠시 다녀와야 해서 며칠 정도 자리를 비워야 할 것 같아요."

"왜? 무슨 일 있어?"

"별건 아니고, 원래 주기적으로 총회가 있는데 거기에 참석해야 하거든요. 부총관과 같이 다녀올게요."

"얼마나 걸리는데?"

"음 거리가 좀 있으니…… 열흘 정도?"

"생각보다 기네."

"열흘 동안 혼자 잘 지낼 수 있죠?"

"내가 애야?"

천무진은 장난스럽게 말하는 백아린을 가볍게 흘겨봤다.

그런 그를 향해 백아린이 말했다.

"중요한 시기니까 최대한 빨리 다녀올게요. 그간 혹시 급한 의뢰가 있으면 연락하실 수 있도록 적화신루 쪽 사람도 하나 붙여 두고 가니 그자를 통해 전하시면 돼요."

"알았어. 필요한 의뢰는 그쪽을 통해서 하지. 그래서 언제 가는데?"

"내일 바로요."

"그렇게 빨리?"

"네, 이왕이면 서둘러 매듭짓는 게 더 나을 것 같아서요. 그리고 며칠 안에 무림맹에서 저희 거처에 갇혀 있는 자들에 대한 처분 결과도 연락이 올 거예요."

현재 천룡성의 비밀 거점에는 생각보다 많은 이들이 갇혀 있다.

그중에 개인적 용무로 잡아 온 양휴를 제외하고는 슬슬 처리를 할 때가 온 것이다.

천무진이 불만스레 말했다.

"왠지 나한테 귀찮은 일을 떠맡기고 도망치는 거 같은데……."

"설마요. 어쩌다 보니 그렇게 된 거죠."

실실 웃으며 대답하는 백아린을 보며 천무진이 작게 고

개를 저었다.

그를 향해 백아린이 말했다.

"어쨌든 저 없는 열흘 동안 잘 지내고 계세요."

그런 그녀의 말에 천무진이 고개를 끄덕이며 대답했다.

"걱정하지 마. 별일 없을 테니까."

*　　*　　*

어딘지 알 수 없는 정체 모를 장소.

긴 곰방대를 물고 있는 휘장 너머의 인물은 날아든 보고를 들으며 불쾌한 목소리를 냈다.

"당문추가 잡혔다고?"

"예, 일이 조금 번거로워진 것 같습니다."

"이번에도…… 천무진 그놈 짓인가?"

"그렇습니다."

"흐음, 이거 생각보다 귀찮게 하는군그래."

말을 내뱉는 정체불명 인물의 목소리에는 짜증이 잔뜩 묻어났다.

최근 들어 계속해서 들려오는 천무진이라는 이름이 조금씩 귀에 거슬리기 시작한 것이다.

양휴를 감시하던 낙구를 죽였고, 무림맹에 심어 두었던

홍천관 관주 금호 또한 당했다. 거기서 끝이 아니라 이번엔 사천당문까지.

거기다 천무진의 측근 중 하나인 단엽을 죽이기 위해 움직였던 구마대 또한 전멸했다.

자신의 계획대로였다면 구마대가 단엽을 제거하고, 사천당문 내 문제까지 해결한 뒤 돌아왔어야 할 터. 뭔가 계획이 조금씩 엇나가기 시작한다는 느낌이 들었다.

허나 이내 그는 자신의 감정을 추슬렀다.

어느 정도의 반항은 이미 예상했던 바가 아니던가? 오히려 너무 쉽게 무너지면 그것 또한 이상할 터.

휘장 너머의 그자가 입을 열었다.

"꼴에 천룡성 놈이라고 반항이 꽤나 거세군그래."

"다행히 들통난 것이 당문추라 추가적인 피해는 없을 것 같습니다."

"그래, 꼬리야 잘라 버리면 그만이니까."

지금 입은 피해 정도야 어떻게든 메울 수 있는 수준이었다. 허나 계속해서 천무진이 날뛰며 자신들의 일을 방해하는 건 분명 좌시할 수만은 없는 일이었다.

그렇지만 그는 걱정하지 않았다.

이미 손을 써 둔 상태였으니까.

일전에 천무진에게 뭔가를 확인해야 한다며 언급한 십천

야의 일인인 반조.

그가 슬슬 도착할 때가 되었을 테니까.

휘장 너머의 인물이 베개에 팔을 기대며 나지막이 중얼거렸다.

"내가 보낸 선물이 마음에 들었으면 좋겠군."

*　　*　　*

백아린과 한천이 떠난 거점은 무척이나 한산해졌다.

단엽은 다친 지 며칠 되지 않아 아직까지 회복에 전념하고 있었고, 천무진 또한 무림맹을 오가며 하루하루를 보냈다.

그러던 중 마침내 총군사 위지겸에게서 연락이 왔고 우선적으로 사공량과 그를 도왔던 이들의 처분을 맡겼다.

창고의 한 곳에 며칠 동안 쓰러져 있던 그들을 마차에 실어서 곧바로 위지겸에게 넘겨준 것이다.

오대세가에 비해서는 많이 모자란다지만 사공량의 가문인 사공세가 또한 그 인근에서는 알아주는 가문, 허나 이번 일은 맹주가 직접 나설 것이고 그들이 아무리 힘을 써도 엄중한 처벌은 피할 수 없게 되었다.

사람을 납치하는 해선 안 될 짓을 벌인 걸로 모자라, 그 사실이 들통나자 살인까지 불사하려 했던 자.

정도의 길을 걷는 무림맹의 입장에서는 결코 좌시할 수 없는 중죄를 지은 것이다.

이 일이 알려지게 되면 사공세가 또한 그 책임을 피하긴 어려워 보였다.

우선적으로 사공량의 처리가 끝나자 천무진은 거처에 있는 다른 곳으로 움직였다.

그가 향한 곳은 다름 아닌 방건이 지내고 있는 방이었다.

슬쩍 방으로 들어섰거늘, 침상에 앉아 있는 방건은 멍하니 앉아 천무진이 온 것도 모르는 듯 보였다.

천무진이 벽을 손으로 두드리며 입을 열었다.

"어이."

"아, 언제 왔어?"

"방금 전에. 몸은 좀 어때?"

"많이 좋아졌지."

방건이 웃으며 대답했다.

금호에게 조종당하고 심각한 내상을 입은 그다.

이렇게 단기간 내에 회복된다는 건 불가능했다. 제법 좋은 약과 치료를 해 주며 회복에 신경 써 줬지만 아마도 무인으로서 회복하는 건 꽤나 긴 시간이 걸릴 일이었다.

방 안으로 들어선 천무진이 옆에 있는 의자에 걸터앉으며 말했다.

"지루하지?"
"어? 아, 아니. 산 것만 해도 어디냐."
아니라고 말은 해도 어찌 모를까.
몸 상태도 좋지 않긴 했지만 천룡성의 비밀 거점을 보일 수는 없었기에 방건은 하루 종일 방 안에만 있어야 했다.
바깥 공기조차 제대로 쐴 수 없으니 답답한 건 당연했다.
천무진이 그를 향해 말했다.
"그래도 네가 지금 여기에 억지로 기거하는 사람들 중에서는 특급 대우를 받고 있었어. 나머지들은 창고에 갇혀 있었거든. 막 한 무리는 처분하려 내보냈고."
"나 말고 다른 사람들도 있던 거야?"
"두 무리가 더 있었지."
양휴, 그리고 방금 무림맹으로 보낸 사공량의 패거리까지. 이야기를 들은 방건은 다행이라는 듯 한숨을 내쉬었다.
그런 그를 물끄러미 바라보던 천무진이 이내 입을 열었다.
"앞으로 어쩔 생각이야?"
"……응? 그걸 내가 정할 수 있는 거야?"
말을 하는 방건은 슬쩍 천무진의 눈치를 살폈다.
이곳에 머물며 남는 건 시간뿐이었고, 덕분에 하루 종일 생각만 할 수 있었다. 그러면서 덩달아 방건은 많은 걸 알았다.
우선적으로 천무진이라는 사내에 대해 많은 고민을 했

다. 자신의 아랫사람이라 여기며 대해 왔던 홍천관에서의 날들.

그렇지만 천무진은 금호를 아주 손쉽게 제압했고, 뭔가 알 수 없는 비밀 임무를 가지고 있는 것 같았다.

천무진 그는 자신은 알 수 없는 그런 특별한 세계, 바로 그런 곳에서 사는 사람이었다.

이토록 외부에 나갈 수 없게 해 둔 것 또한 이 장소가 드러나서는 안 되는 이유가 있어 그럴 것이라고 이미 어렴풋이 짐작하고 있었다.

그토록 비밀이 많은 사내.

그런 그의 비밀 일부를 자신은 알고 있었다.

물론 별 볼 일 없는 정도겠지만 말이다.

천무진은 자신의 눈치를 살피는 방건의 모습에서 그의 생각을 알 수 있었다.

그가 답했다.

"물론이지. 네 인생이니까."

천무진의 그 한마디에 방건은 자신도 모르게 덮고 있는 이불을 꽉 움켜쥐었다.

다시 한 번 자신의 목숨을 구해 준 천무진에게 고마운 감정이 치솟았다.

그가 없었다면 자신의 인생은 그 지하 공간이 마지막이

었을 테니까.

천무진의 대답을 듣자 방건은 그간 고민해 왔던 이야기를 꺼냈다.

"……고향에 돌아갈까 싶다."

"산동에 있는 옥수문으로?"

"응, 아무래도 이 몸 상태로 무림맹 생활을 이어 가는 건 불가능할 것 같아서."

눈치도 조금 없고 어수룩하기도 했지만 방건은 모자라지 않았다.

지금 자신의 몸 상태가 좋지 못하다는 건 이미 충분히 알았다.

사실 오랫동안 고민했다.

무림맹은 그리 뛰어나지 않은 그에겐 어렵게 잡은 기회였다. 그런 기회를 놓는다는 선택을 하는 것이 그리 쉽지는 않았지만…….

"네 덕분이다, 무진아."

"갑자기 무슨 소리야?"

"기억해? 내 동생이랑 만났던 날."

방건의 질문에 천무진은 고개를 끄덕였다.

그리 오래 지나지도 않은 일인지라 똑똑히 기억하고 있었다.

방소청이라는 이름의 어린 소녀, 방건과 그녀는 사이좋은 오누이었다.

천무진이 고개를 끄덕이는 걸 본 방건이 말을 이었다.

“그때 내 동생이 물었잖아. 내가 훌륭한 무인이냐고. 그리고 넌 그렇다고 답해 줬지.”

“그랬지. 그런데 그게 왜?”

“그 이후에 네가 나한테 해 준 말이 있었어. 소청이가 날 자랑스러워하는 건 내가 무림맹의 무인이라서가 아니라는 그 말. 자랑스러운 오라버니로 남고 싶어 하는 그 마음이 중요하다던 네 그 한마디 덕분에…… 난 지금 욕심을 버릴 수 있었거든.”

무림맹의 무인으로 언제나 아끼는 동생에게 자랑스러운 오라비이고 싶었다.

하지만 천무진의 그 한마디 덕분에 이제는 안다.

진짜 자신이 자랑스러운 오라버니가 되기 위해서는 어떠한 선택을 해야 할지를.

방건이 입을 열었다.

“무진아.”

“……왜?”

“동생이랑 같이 고향으로 가고 싶다. 그래도…… 되냐?”

말을 끝내고 천무진을 바라보는 방건의 눈빛은 간절했다.

그런 방건을 진지하게 마주하던 천무진이 이내 표정을 팍 구기며 그의 어깨를 주먹으로 가볍게 툭 쳤다.

"몇 번을 말해. 네 뜻대로 하라고. 넌 이곳에 갇힌 인질이 아니라 내 손님이니까."

"자식, 고맙다."

말과 함께 방건은 주먹으로 천무진을 때리는 시늉만 하고는 이내 말을 이었다.

"마음 같아서는 나도 한 대 툭 치고 싶은데 그랬다가는 이제 큰일 날 것 같으니 참으마."

"잘 생각했어. 방금 손을 든 순간부터 넌 죽을 위기에 처할 뻔했거든."

천무진의 농담 섞인 한마디에 방건은 히죽 웃어 보였다. 그런 그를 가만히 바라보던 천무진이 이내 자리에서 일어났다.

천무진이 말했다.

"몸 관리 잘해. 네 동생한테는 곧바로 사람을 보내서 언제쯤 떠날 생각인지 확인하고, 일정에 맞춰 합류할 수 있도록 준비해 줄 테니까."

"그래, 며칠만 더 신세 지마."

대화를 끝낸 천무진이 몸을 돌려 방 밖으로 움직이려고 할 때였다.

"무진아."

천무진은 자신을 부르는 방건을 향해 몸을 돌리면서 표정을 찡그리며 답했다.

"또 고맙다는 말 하면 알아서 해라."

만날 때마다 고맙다는 말을 해 대는 방건을 향해 천무진이 먼저 선수를 친 것이다. 그런 그의 행동에 방건이 이내 미소를 머금은 채로 답했다.

"그래, 그럴게."

허나 웃고 있는 그의 얼굴을 보고 있노라면 굳이 입으로 말하지 않았어도 이미 들은 것과 다름없었다.

"귀에 딱지 지겠네."

천무진이 괜히 툴툴거리며 고개를 돌렸다.

*　　　*　　　*

금호를 제거한 이후 무림맹에서 뭔가 얻어 낼 만한 걸 찾지는 못했지만 그럼에도 불구하고 천무진은 하루도 빠짐없이 홍천관에 나갔다.

홍천관의 관주였던 금호, 그리고 사천당문의 다음 가주 자리를 노렸던 당문추까지.

이 둘만 봐도 유추할 수 있는 것처럼 자신이 찾는 그들의 힘은 이미 무림맹 곳곳에 퍼져 있을 것이 자명했다. 그랬기에 천무진은 뭐라도 더 찾아내기 위해 동분서주하고 있었던 것이다.

별 의미 없는 하루를 보낸 천무진은 사천당문과의 연락망을 가동해 당문추의 상황을 확인했다. 그렇지만 그의 입에서 나온 이야기들 중 천무진에게 도움이 될 만한 건 없었다.

무림맹에서의 일정을 끝내고, 추가적으로 사천당문의 일까지 확인하니 귀가 시간은 절로 늦어졌다.

해가 지고도 한참은 지난 탓에 천무진이 걷는 길은 술에 취한 이들의 시끄러운 목소리와 기루와 객잔에서 퍼져 나오는 은은한 불빛들로 가득했다.

성도와 도강언(都江堰)이라는 마을의 중간쯤에 위치한 번화가였다.

도강언에서부터 이어진 물줄기 덕분인지 이 마을에는 커다란 배 위에서 즐기는 술자리가 유명했고 이 때문에 많은 이들이 오갔다.

어지러운 주변의 풍경 속에서 천무진은 홀로 걷고 있었다.

그렇게 주변의 모든 것들이 환영처럼 흩어져 갈 때였다. 수많은 군중들 사이에서 누군가의 목소리가 흘러나왔다.

"이봐 형씨!"

자신을 부르는 건지 모르고 몇 걸음 더 나아가는 천무진을 향해 다시금 목소리가 들려왔다.

"어이, 천룡."

이번은 아까보다 훨씬 작은 목소리, 하지만 그 소리가 천무진의 귓가에 틀어박혔다.

그의 발걸음이 갑자기 멈춰 섰다.

그러고는 이내 천무진의 고개가 천천히 옆으로 움직였다.

고개를 돌리는 그의 표정은 매섭게 변해 있었다.

천룡이라는 호칭 때문이었다.

천무진의 시선이 향한 곳에는 한 척의 배가 자리하고 있었다.

물 위에 떠 있는 배, 그 배는 그리 크지 않았다. 그리고 그곳에는 노를 젓는 사공 하나와 자리에 앉은 채 홀로 술자리를 하고 있는 한 사내가 있었다.

사내는 꽤나 젊었다. 기껏해야 서른 정도?

호리호리하면서도 부드러운 인상.

옷도 곱게 차려입은 것이 어디 서원에 있을 법한 서생을 연상케 했다.

한 손에 든 섭선(摺扇:부채)과 술잔을 쥐고 있는 하얗고

긴 손가락까지.

허나 그런 자의 입에서…… 천룡이라는 말이 나왔다.

저자는 알고 있다는 소리였다.

그 누구도 알아선 안 될 자신의 정체를.

천무진은 다리 아래쪽에 있는 배에 자리하고 있는 사내와 시선을 마주하기 위해 천천히 걸음을 옮겼다.

배 위에 자리한 사내.

그가 고개를 들어 올려 다리 위에서 자신을 내려다보는 천무진을 응시했다.

씨익 웃는 그를 보며 천무진이 입을 열었다.

"누군지 말하는 게 좋을 거야. 그렇지 않으면…… 지금 네가 타고 있는 그 배를 박살 내 버릴 테니까."

천무진이 차고 있던 검을 검집째 들어 올리며 말했다. 그의 말에 사내가 질색을 하며 중얼거렸다.

"아아, 그건 좀 곤란한데. 지금 입고 있는 옷이 꽤나 비싼 거거든."

"닥치고 내가 물은 질문에 답해. 너 누구냐."

천무진의 목소리가 거칠어졌다.

심장이 점점 빠르게 뛰기 시작했다. 손가락 끝이 저릿저릿했고, 마치 꿈속에 있는 것처럼 모든 것이 일그러져 보이는 것만 같은 느낌이었다.

눈앞에 있는 저 사내 단 한 명만을 제외하고 말이다.

천무진의 물음에 사내가 답했다.

“어르신이 보내서 왔다.”

“……어르신?”

그 말을 듣는 순간 천무진은 자신이 죽던 바로 그 순간이 기억났다. 그 당시 자신을 죽였던 정체불명 사내가 지껄였던 한마디가 말이다.

그는 말했었다.

“고작 이런 놈이 뭐가 무섭다고 어르신은 이렇게 긴 시간 동안…….”

그자가 내뱉었던 단어, 어르신.

지금 그 말을 눈앞에 있는 상대에게서 다시금 들었다. 물론 어르신이라는 말은 나이 있는 그 누구에게나 사용할 수 있는 단어였지만…….

천무진은 알 수 있었다.

지금 이자가 자신이 그토록 찾아다니던 그들과 관련된 자라는 걸.

거기다가 지금 나타난 이자는 여태까지 만나 왔던 그런 잔챙이와는 달랐다.

풍겨져 나오는 여유, 그리고 자신에 대해 많은 걸 알고 있다는 듯한 저 표정까지.

천무진이 이를 부드득 갈며 입을 열었다.

"너 내가 찾는 그놈들이구나."

"내가 찾던……그놈들?"

이번엔 사내가 눈을 치켜떴다.

잠시 놀란 표정으로 천무진을 바라보던 그의 얼굴에 점점 환희가 차오르기 시작했다. 그러고는 이내 참지 못하겠는지 그가 배를 움켜쥐고는 박장대소를 터트렸다.

"하하하하!"

"실성을 했나."

말을 하며 천무진은 다리의 끝부분에 가서 섰다. 당장이라도 아래에 있는 배로 몸을 날리며 검을 휘두를 것만 같은 기세였다.

그때였다.

좌라락!

갑작스레 손에 쥔 섭선을 소리 나게 펼치는 행동에 천무진이 멈칫했다. 그 상태에서 사내가 위쪽에 있는 천무진을 향해 입을 열었다.

"참으로 궁금했거든. 지금의 네 삶이 몇 번째 것인지."

"……뭐?"

"그런데 이제는 알겠군."

술잔에 든 술을 탁하고 입에 털어 넣은 사내가 의미심장한 표정으로 씨익 웃으며 입을 열었다.

"너…… 이번이 두 번째 목숨이구나."

〈다음 권에 계속〉

DREAMBOOKS★

DREAMBOOKS★

DREAMBOOKS★

DREAMBOOKS★